gli Adelphi

6

Di Joseph Roth (1894-1939) Adelphi ha pubblicato, oltre *La Cripta dei Cappuccini* (1974), le seguenti opere: *La leggenda del santo bevitore* (1975), *Fuga senza fine* (1976), *Giobbe* (1977), *La milleduesima notte* (1977), *Il profeta muto* (1978), *Tarabas* (1979), *Il mercante di coralli* (1981), *Viaggio in Russia* (1981), *Confessione di un assassino* (1982), *Romanzi brevi* (che comprende: *La tela di ragno, Hotel Savoy, La ribellione, Il peso falso,* 1983), *Ebrei erranti* (1985), *Zipper e suo padre* (1986), *Le città bianche* (1987), *La Marcia di Radetzky* (1987), *La ribellione* (1989).

JOSEPH ROTH

La Cripta dei Cappuccini

ADELPHI EDIZIONI

Titolo originale
Die Kapuzinergruft

Traduzione di Laura Terreni

I edizione *gli Adelphi*: ottobre 1989

ISBN 88-459-0712-0

LA CRIPTA DEI CAPPUCCINI

I

Il nostro nome è Trotta. La nostra casata è originaria di Sipolje, in Slovenia. Casata, dico; perché noi non siamo una famiglia. Sipolje non esiste più, da tempo ormai. Oggi, insieme con parecchi comuni limitrofi, forma un centro più grosso. Si sa, è la volontà dei tempi. Gli uomini non sanno stare soli. Si uniscono in assurdi aggruppamenti, e soli non sanno stare neanche i villaggi. Nascono così entità assurde. I contadini sono attratti dalla città e gli stessi villaggi aspirano per l'appunto a diventare città.

Tuttavia ho conosciuto Sipolje, quand'ero ragazzo. Una volta mio padre mi ci portò, un diciassette agosto, la vigilia di quel giorno in cui in tutta la monarchia, anche nei paesi più piccoli, si festeggiava il compleanno dell'imperatore Francesco Giuseppe I. Nell'odierna Austria e negli ex territori della Corona saranno ormai poche le persone nelle quali il nome della nostra casata risvegli una qualche memoria. Però è registrato negli annali ormai dimenticati del vecchio esercito austro-ungarico, e confesso che ne sono orgoglioso, proprio perché quegli annali sono dimenticati. Io non sono un figlio del mio tempo, anzi, mi riesce difficile non definirmi addirittura suo nemico. Non che io non lo capisca, come tante volte sostengo. Questa è solo una scusa di comodo. Per indolenza, semplicemente, non voglio essere aggressivo o astioso, e perciò dico che una cosa non la capisco quando dovrei dire che la odio o la disprezzo. Ho l'orecchio fine, ma faccio il sordo. Mi pare più elegante fingere un difetto che ammettere di aver sentito rumori volgari.

Il fratello di mio nonno era quel semplice sottotenente di fanteria che nella battaglia di Solferino salvò la vita all'imperatore Francesco Giuseppe. Al sottotenente fu conferito un titolo nobiliare. Per lungo tempo nell'esercito e nei libri di lettura della imperial-regia monarchia egli fu chiamato l'eroe di Solferino, finché, com'era suo stesso desiderio, calò su di lui l'ombra dell'oblio. Dette le dimissioni. È sepolto a Hietzing. Sulla sua lapide sono incise le semplici e fiere parole: « Qui riposa l'eroe di Solferino ».

La grazia dell'imperatore si estese anche al figlio, che diventò sottoprefetto, e al nipote, sottotenente dei cacciatori caduto nell'autunno del 1914 nella battaglia di Krasne-Busk. Io non ho mai visto né lui, né nessun altro del ramo nobile della nostra casata. I Trotta nobili erano diventati devoti servi umilissimi di Francesco Giuseppe. Mio padre invece era un ribelle.

Era ribelle e patriota, mio padre: una specie che è esistita solo nella vecchia Austria-Ungheria. Voleva riformare l'impero e salvare gli Asburgo. Aveva inteso troppo bene il senso della monarchia austriaca. Si rese dunque sospetto e dovette fuggire. Andò, in gioventù, in America. Era chimico di professione. A quell'epoca c'era bisogno di gente come lui nei colorifici, in grande sviluppo, di New York e Chicago. Finché era stato povero aveva avuto solo nostalgia dell'acquavite di grano. Ma quando infine si arricchì, cominciò ad avere nostalgia dell'Austria. Ritornò sui suoi passi. Si stabilì a Vienna. Aveva denaro, e alla polizia austriaca piacevano le persone che hanno denaro. Non solo non ebbe fastidi, ma dette addirittura l'avvio a un nuovo partito sloveno e comprò due giornali di Zagabria.

Si procurò amicizie influenti nella cerchia più intima dell'arciduca, erede al trono, Francesco Ferdinando. Mio padre sognava un regno slavo sotto il dominio degli Asburgo. Sognava una monarchia degli austriaci, degli ungheresi e degli slavi. E a me, che sono suo figlio, sia concesso dire a questo punto che, se mio padre fosse vissuto più a lungo, m'immagino che avrebbe potuto forse cambiare il corso della storia. Invece morì, circa un anno e mezzo prima dell'assassinio di Francesco Ferdinando. Io sono il suo unico figlio. Nel testamento mi aveva nominato erede delle sue idee. Non per nulla mi aveva fatto battezzare col nome di Francesco Ferdinando. Allora, però, io ero giovane e sciocco, per non dire: sconsiderato. Frivolo, in ogni caso. Vivevo allora per così dire alla giornata. No! Non è esatto: io vivevo alla nottata; di giorno dormivo.

II

Una mattina però – fu nell'aprile del 1913 –, rincasato da appena due ore e ancora intontito dal sonno, mi fu annunciata la visita di un cugino, di un signor Trotta.

In vestaglia e pantofole andai nell'anticamera. Le finestre erano spalancate, in giardino i merli mattinieri fischiavano con zelo e il primo sole inondava allegramente la stanza. La nostra cameriera, che fino a quel momento non avevo mai visto così di buon'ora, nel suo grembiule blu mi parve una estranea – io la conoscevo solo come un essere giovane, fatto di biondo, nero e bianco, qualcosa di simile a una bandiera. Per la prima volta la vedevo in una veste blu scuro, simile a quella che portavano i meccanici e i gassisti, con uno spolverino vermiglio in mano – e la sola sua vista sarebbe bastata a darmi una nuova, inusitata immagine della vita. Per la prima volta, dopo anni, vidi il mattino in casa mia e mi accorsi che era bello. La cameriera mi piaceva. Mi piacevano le finestre aperte. Mi piaceva il sole. Mi piaceva il canto dei merli. Era dorato come il sole di primo mattino. Perfino la ragazza in blu era dorata, come il sole. Abbagliato da tutto questo oro, sul momento non notai affatto l'ospite che mi attendeva. Mi accorsi di lui solo dopo un paio di secondi – o forse furono minuti? Smilzo, nero, silenzioso, se ne stava seduto sull'unica sedia che si trovava nella nostra anticamera – e come entrai neanche si smosse. Per quanto i suoi capelli e suoi baffi fossero così neri e la sua carnagione così bruna, aveva però, in mezzo all'oro mattutino dell'anticamera, qualcosa di solare, forse qualcosa di un lontano sole meridionale. Alla prima occhiata mi ricordò mio padre buon'anima. Anche lui era così smilzo e nero, così bruno di pelle e ossuto, scuro, un autentico figlio del sole, non come noi, i biondi, che del sole siamo solo i figliastri. Io parlo sloveno, me lo ha insegnato mio padre. E salutai mio cugino Trotta in sloveno. Sembrò non meravigliarsene affatto. Era cosa ovvia. Non si alzò, restò seduto, e mi porse la mano, sorridendo. Sotto il nero bluastro dei baffi scintillava il bianco candido dei grandi denti forti. Mi dette subito del tu. Sentii che era un fratello, non un cugino! Il mio indirizzo l'aveva avuto dal notaio. « Tuo padre » cominciò « mi ha lasciato per testamento 2000 fiorini e io sono qui per ritirarli. Sono venuto da te per ringraziarti. Domani tornerò a casa. Ho anche una sorella, ora la voglio maritare. Con 500 fiorini di dote si piglia il più ricco contadino di Sipolje ».

« E il resto? » chiesi.

« Quello lo tengo per me » disse tutto contento. Sorrideva, e a me sembrava che il sole affluisse ancora più gagliardo nella nostra anticamera.

« Che te ne farai del denaro? » chiesi.

« Allargherò i miei affari » rispose. E come se

solo a questo punto fosse giusto presentarsi, si alzò da sedere: c'era una balda sicurezza in quel suo gesto e una commovente solennità nel modo in cui pronunciò il suo nome. « Mi chiamo Joseph Branco » disse. Allora soltanto mi ricordai che ero in vestaglia e pantofole davanti al mio ospite. Lo pregai di aspettare e andai nella mia stanza a vestirmi.

III

Dovevano essere circa le sette di mattina quando entrammo nel caffè Magerl. Cominciavano ad arrivare i primi garzoni dei fornai, candidi come la neve e profumati di rosette croccanti, di trecce al papavero e panini col sale. Il primo caffè appena tostato, virgineo e aromatico, odorava come un secondo mattino. Mio cugino Joseph Branco mi sedeva accanto, nero e meridionale, allegro, vispo e sano, e io mi vergognavo del mio biondo pallore e della mia stanchezza di nottambulo. Ero anche un po' imbarazzato. Cosa potevo dirgli? Egli accrebbe dell'altro il mio imbarazzo quando disse: « Io non bevo caffè al mattino. Vorrei una zuppa ». Ma certo! A Sipolje, al mattino, i contadini mangiavano una zuppa di patate.

Così ordinai una zuppa di patate. Ci volle un bel po' per averla e nel frattempo mi vergognavo di intingere il cornetto nel caffè. Finalmente arrivò la zuppa, un piatto fumante. Mio cugino Joseph Branco non sembrò prestare alcuna attenzione al cucchiaio. Con le mani brune e villose s portò alla bocca il piatto fumante. Mentre sorbiva la sua zuppa pareva che si fosse scordato anche di me. Tutto preso da questo piatto fumante, che teneva alto con le dita magre e robuste, offriva lo spettacolo di un uomo il cui appetito è in realtà un nobile impulso e, se non tocca il cucchiaio, è solo perché gli sembra più degno mangiare direttamente dal piatto. Dirò di più, mentre lo guardavo sorbire quella zuppa, mi parve pressoché incomprensibile il fatto stesso che gli uomini avessero inventato i cucchiai, ridicoli strumenti. Mio cugino posò il piatto, vidi che era bello liscio e vuoto e lustro come se fosse stato appena rigovernato.

« Questo pomeriggio » disse « ritirerò il denaro ». Gli chiesi di che genere fossero quei suoi affari che aveva in mente di allargare. « Ah, » disse « una cosa da poco, che però ti procura da vivere per tutto l'inverno ».

E seppi allora che mio cugino Joseph Branco in primavera, estate e autunno faceva il contadino, occupandosi del campo, e d'inverno faceva il caldarrostaio. Aveva una pelle di montone, un mulo, un carrettino, una caldaia, cinque sacchi di castagne. Così ogni anno, all'inizio di novembre, se ne andava in giro per alcuni territori della Corona. Se però in qualche posto si trovava particolarmente bene, ci passava anche tutto l'inverno, finché non arrivavano le cicogne. Allora legava i sacchi vuoti intorno alla groppa del mulo e raggiungeva la più vicina stazione ferroviaria. Caricava la bestia, partiva per il suo paese e ridiventava un contadino.

Gli chiesi in che modo si potesse dare incremento a un commercio così modesto, e lui mi spiegò che si potevano fare ancora un'infinità di cose. Per esempio, oltre alle castagne, si potevano vendere mele al forno e patate arrosto. Anche il mulo nel frattempo era diventato vecchio e debole, e si poteva comprarne uno nuovo. Duecento corone, comunque, le aveva già da parte.

Portava una giacca lucida di raso, un panciotto di felpa a fiorellini con bottoni di vetro colorati e, intorno al collo, una pesante catena d'oro da orologio preziosamente lavorata. E io che da mio padre ero stato allevato nell'amore per gli slavi del nostro impero e che di conseguenza ero incline a prendere per un simbolo ogni trappola folcloristica, m'innamorai subito di questa catena. La volevo. Chiesi a mio cugino quanto costava. « Non lo so » disse. « L'ho avuta da mio padre e lui dal suo – un'altra così non la si trova in vendita. Ma visto che tu sei mio cugino, te la vendo volentieri ». « Allora quanto? » chiesi. Ma in cuor mio avevo pensato, memore degli insegnamenti di mio padre, che un contadino sloveno fosse un essere troppo nobile per dare un qualche peso a questioni di denaro. Il cugino Joseph Branco rifletté a lungo, poi disse: « Ventitré corone ». Non osai chiedere come gli fosse venuta in mente proprio questa cifra. Gli detti venticinque corone. Le contò accuratamente, non fece neanche l'atto di restituirmene due, tirò fuori un grande fazzoletto rosso a quadri blu e ci nascose il denaro. Solo allora, e non prima di aver chiuso il fazzoletto con un doppio nodo, si levò la catena, tirò fuori l'orologio dal taschino del panciotto e poggiò orologio e catena sul tavolo. Era un pesante orologio d'argento fuori moda, fornito di chiavetta per la carica. Mio cugino esitò a staccarlo dalla catena, lo guardò per un po' con tenerezza, quasi con affetto e alla fine disse: « Proprio perché sei mio cugino! Se mi dài altre tre corone ti vendo anche l'orologio! ». Gli detti una moneta da cinque corone. Neanche questa volta mi porse il resto. Tirò fuori daccapo il suo fazzoletto, sciolse lentamente il doppio nodo, rifece l'involto con la nuova moneta, infilò il tutto nella tasca dei pantaloni e mi fissò con uno sguardo candido.

« Anche il tuo panciotto mi piace! » dissi dopo qualche secondo. « Vorrei comprarti anche quello ».

« Perché sei mio cugino, » rispose « ti venderò anche il panciotto ». E senza esitare un istante si levò la giacca, si sfilò il panciotto e me lo porse al disopra del tavolo. « È stoffa buona, » disse Joseph Branco « e i bottoni sono belli. Ma siccome sei tu, costa solo due corone e cinquanta ». Gli pagai tre corone e nei suoi occhi lessi chiara la delusione che non fossero state cinque anche questa volta. Sembrava seccato, non sorrideva più, ma finì col riporre questo denaro con la stessa cura e la stessa meticolosità delle precedenti monete.

Ora possedevo a parer mio l'essenziale per uno sloveno autentico: una vecchia catena, un panciotto colorato, un orologio d'argento con chiavetta, pesante come un sasso. Non aspettai un secondo di più. Me li presi subito tutti e tre, pagai e feci chiamare un fiacchere. Accompagnai mio cugino al suo albergo, abitava al Grünen Jägerhorn. Lo pregai di aspettarmi in serata, sarei passato a prenderlo. Meditavo di presentarlo ai miei amici.

IV

Per la forma, come scusa e per acquietare mia madre, mi ero iscritto a giurisprudenza. Ma naturalmente non studiavo. Dinanzi a me si stendeva l'immensa vita, un prato smaltato di fiori, appena limitato da un orizzonte molto, molto lontano. Frequentavo l'allegra, anzi sfrenata compagnia di giovani aristocratici, l'ambiente che, dopo quello degli artisti, più mi era caro nel vecchio impero. Ne condividevo la scettica leggerezza, la malinconica presunzione, la colpevole ignavia, l'arrogante dissipazione, tutti sintomi della rovina, di cui ancora non intuivamo l'approssimarsi. Sopra i bicchieri dai quali spavaldamente bevevamo, la morte invisibile incrociava già le sue mani ossute. Si imprecava allegramente, si bestemmiava finanche, senza scrupolo. Vecchio e solitario, lontano e per così dire pietrificato, pure vicino a tutti noi e onnipresente nel grande e variopinto impero, viveva e regnava il vecchio imperatore Francesco Giuseppe. Forse negli strati profondi delle nostre anime erano sopite quelle certezze che la gente chiama presentimenti, prima fra tutte la certezza che il vecchio imperatore moriva, ogni giorno in più di vita era un altro passo verso la morte, e insieme con lui moriva la monarchia, non tanto la nostra patria, quanto il nostro impero, qualcosa di più grande, più vasto, più nobile che non una semplice patria. Dai nostri cuori grevi nascevano le battute spensierate, dalla sensazione di essere votati alla morte un folle desiderio di qualsiasi affermazione di vita; di balli, feste popolari, ragazze, pranzi, gite, stravaganze d'ogni genere, scappatelle assurde, di ironia suicida, di critica feroce, del Prater, della Ruota Gigante, del Teatro delle Marionette, di mascherate, di balletti, di frivoli giochi amorosi nei palchi discreti dell'Opera di Corte, di manovre militari a cui ci si sottraeva, e finanche di quelle malattie che l'amore talvolta ci largiva.

Si capirà come l'arrivo inaspettato di mio cugino mi capitasse a proposito. Nessuno dei miei frivoli amici aveva un cugino come il mio, un panciotto come il mio, una catena da orologio come la mia, né come me un così stretto legame con la terra d'origine della favolosa Sipolje in Slovenia, la patria dell'allora non ancora dimenticato e nondimeno già leggendario eroe di Solferino.

Quella sera passai a prendere mio cugino. La sua giacca lucida di raso fece un'enorme impressione su tutti i miei amici. Barbugliò un tedesco incomprensibile, non fece che ridere coi suoi denti forti e smaglianti, lasciò che pagassero per lui, promise di comprare in Slovenia altri panciotti e catene per i miei amici e accettò di buon grado degli acconti. Poiché tutti mi invidiavano panciotto, catena e orologio. Tutti, se avessero potuto, mi avrebbero comprato il cugino bell'intero, la mia parentela e la mia Sipolje.

Mio cugino promise di ritornare in autunno. Lo accompagnammo tutti alla stazione, e gli acquistai un biglietto di seconda classe. Lo prese, andò agli sportelli e gli riuscì di cambiarlo con un biglietto di terza.

Da là ci fece ancora cenno con la mano. E a noi tutti si spezzò il cuore quando il treno lasciò con fracasso la stazione; poiché amavamo la mestizia con la stessa leggerezza con cui amavamo il piacere.

V

Ancora per un paio di giorni nella nostra gaia brigata si parlò di mio cugino Joseph Branco. Poi lo dimenticammo – ovvero: lo mettemmo in un certo senso temporaneamente da parte. C'erano, da discutere e da apprezzare, le follie della nostra vita quotidiana.

Solo in estate avanzata, verso il venti di agosto, ricevetti da Joseph Branco una lettera in lingua slovena che quella sera stessa tradussi ai miei amici. Descriveva i festeggiamenti per il compleanno dell'imperatore a Sipolje, i festeggiamenti del circolo dei veterani. Quanto a lui, era un riservista ancora troppo giovane per far parte dei veterani. Tuttavia era sfilato con loro nel Waldwiese, dove ogni diciotto agosto essi organizzavano una festa popolare, per il semplice motivo che nessuno di quei vecchi era ancora abbastanza in forze da portare il grosso timpano. C'erano cinque sonatori di corno e tre clarinettisti. Ma che cos'è una banda senza timpano?

« Straordinari » disse il giovane Festetics « questi sloveni! Gli ungheresi li privano dei diritti nazionali più elementari e loro si difendono, di tanto in tanto perfino si ribellano o perlomeno pare che si ribellino, però festeggiano il compleanno del re ».

« In questa monarchia » replicò il conte Chojnicki – era il più vecchio fra noi – « niente è straordinario. A parte i nostri governanti cretini » (gli piacevano le espressioni forti) « è certo che, neanche all'apparenza, niente vi sarebbe di straordinario. Con questo voglio dire che il cosiddetto straordinario, per l'Austria-Ungheria, è l'ovvio. Con questo voglio pure dire che solo in questa pazza Europa degli Stati nazionali e dei nazionalisti ciò che è ovvio sembra bizzarro. Sicuro, sono gli sloveni, i galiziani polacchi e ruteni, gli ebrei col caffetano di Boryslaw, i mercanti di cavalli della Bácska, i musulmani di Sarajevo, i caldarrostai di Mostar che cantano il *Dio conservi*. Ma gli studenti tedeschi di Brno e di Eger, i dentisti, farmacisti, aiutanti parrucchieri, fotografi d'arte di Linz, Graz, Knittelfeld, i valligiani gozzuti delle Alpi, loro cantano tutti *La guardia al Reno*. Questa fedeltà nibelungica manderà in rovina l'Austria, signori miei! L'anima dell'Austria non è il centro, ma la periferia. L'Austria non bisogna cercarla nelle Alpi, dove hanno camosci e stelle alpine e genziana, ma neppure un'idea di che cosa sia l'aquila bicipite. La sostanza dell'Austria viene nutrita e incessantemente rigenerata dai territori della Corona ».

Il barone Kovacs, di recente nobiltà militare, ungherese di nazionalità, si mise il monocolo, come era sempre sua abitudine quando credeva di dover dire qualcosa di particolarmente importante. Parlava il tedesco duro e cantilenato degli ungheresi, non tanto per necessità quanto per civetteria e per protesta. La faccia emaciata che faceva pensare al pane malcotto, troppo poco lievitato, gli si arrossò in modo violento e innaturale. « Gli ungheresi son quelli che più soffrono in questa duplice monarchia » disse. Era il suo credo, e immutabile era l'ordine delle parole in questa frase. Ci annoiava tutti, e Chojnicki, il più energico quantunque il più vecchio fra noi, si stizziva addirittura. L'invariabile risposta di Chojnicki non poté mancare. Ripeté come al solito: « Gli ungheresi, caro Kovacs, opprimono nientemeno che i seguenti popoli: slovacchi, rumeni, croati, serbi, ruteni, bosniaci, svevi della Bácska e sassoni transilvani ». Enumerava i popoli sulle dita aperte delle sue belle mani snelle e forti.

Kovacs posò il monocolo sul tavolo. Le parole di Chojnicki sembravano non raggiungerlo affatto. So quel che so, pensava, come sempre. Qualche volta lo diceva anche.

Per il resto era un giovane innocuo, a momenti finanche buono, ma io non lo potevo soffrire. Eppure onestamente mi sforzavo di provare per lui un sentimento cordiale. Anzi, soffrivo di non poterlo soffrire, e c'era il suo bravo motivo: ero innamorato della sorella di Kovacs; Elisabeth si chiamava; aveva diciannove anni.

Lottai a lungo invano contro quest'amore, non tanto perché mi credessi in pericolo, ma perché temevo il tacito scherno dei miei scettici amici. Era di moda allora, poco prima della grande guerra, una beffarda arroganza, una fatua professione di cosiddetto ' decadentismo ', di stanchezza immensa, mezzo simulata, e di noia senza motivo. In questa atmosfera passai i miei anni migliori. In questa atmosfera i sentimenti avevano a malapena posto, le passioni erano rigorosamente vietate. I miei amici avevano piccole, anzi insignificanti ‘ liaisons ’, donne che si deponevano, talvolta perfino si prestavano come pastrani; donne che si dimenticavano come ombrelli o si abbandonavano di proposito come fagotti molesti a cui si evita di guardare per paura che ci possano essere riconsegnati. Nella compagnia che io frequentavo l’amore era considerato un’aberrazione, un fidanzamento era all’incirca come un’apoplessia e un matrimonio una malattia incurabile. Eravamo giovani. Pensavamo al matrimonio come a un’inevitabile conseguenza della vita, ma né più né meno di come si pensa a una sclerosi che probabilmente fra venti o trent’anni non mancherà di sopraggiungere. Avrei potuto trovare più di un’occasione per restare solo con la ragazza, per quanto a quei tempi non rientrasse ancora nella normalità il fatto che giovani donne restassero più di un’ora sole in compagnia di giovanotti senza un adeguato, anzi legittimo pretesto. Approfittavo solo di qualcuna di queste occasioni. A sfruttarle tutte mi vergognavo, come ho detto, dei miei amici. Anzi, mettevo una cura scrupolosa perché nulla si notasse del mio sentimento, e spesso temevo che l’uno o l’altro del mio giro ne sapesse già qualcosa, che forse in questa o quell’occasione mi fossi già tradito. Se qualche volta capitavo inaspettato tra i miei amici, credevo di dover dedurre dal loro improvviso silenzio che in quel momento, un attimo prima del mio arrivo, stessero parlando del mio amore per Elisabeth Kovacs, e mi rabbuiavo, quasi fossi stato colto in flagrante con le mani nel sacco, quasi si fosse scoperta in me una qualche segreta e infamante debolezza. Ma nelle poche ore in cui restavo solo con Elisabeth mi pareva di avvertire quanto fosse assurdo e finanche sacrilego lo scherno dei miei amici, il loro scetticismo e il loro arrogante ' decadentismo '. Allo stesso tempo, però, mi rimordeva, per dir così, la coscienza, quasi avessi da rimproverarmi un tradimento dei sacri princìpi dei miei amici. Così conducevo in un certo senso una doppia vita e ciò non mi piaceva affatto.

Elisabeth allora era bella, soave e tenera e indubbiamente ben disposta nei miei confronti. Ogni suo gesto, ogni sua mossa, la più piccola, la più insignificante, mi turbava profondamente, perché ero convinto che ogni movimento della sua mano, ogni cenno del capo, ogni dondolare del piede, una lisciatina alla veste, un impercettibile sollevarsi della veletta, quel bagnarsi appena le labbra alla tazzina del caffè, un fiore inatteso sul vestito, lo sfilarsi di un guanto, tradissero un chiaro, immediato rapporto con me – e con me soltanto. Sì, da più di un indizio, che a quell'epoca poteva senz'altro essere ascritto al numero delle cosiddette ' avances ' ardite, credevo di dover dedurre con qualche diritto che la tenerezza con cui mi guardava, il gesto, apparentemente involontario e casualissimo, con cui la sua mano sfiorava il dorso della mia o le mie spalle, fossero promesse vincolanti, promesse di ben più grandi, squisite tenerezze che ancora mi sarei dovuto aspettare se solo avessi voluto, vigilie di feste della cui puntualità non c'era più da dubitare. Aveva una voce profonda e morbida. (Io non posso soffrire le voci femminili acute e stridule). Il suo parlare mi ricordava una sorta di smorzato tubare, contenuto, casto e nondimeno torrido, un mormorare di fonti sotterranee, il lontano rullare di treni lontani, che talvolta si sente nelle notti insonni, e la più banale delle sue parole acquistava per me, grazie a questa profondità del timbro col quale veniva pronunciata, la pienezza, il vigore espressivo di un remoto linguaggio primitivo, non esattamente comprensibile ma certo chiaramente intuibile, scomparso, forse una volta vagamente inteso in sogno.

Se non ero con lei, se tornavo nella compagnia degli amici, sul primo momento ero tentato di raccontare loro di Elisabeth; anzi, perfino di abbandonarmi alle fantasticherie. Ma alla vista dei loro volti stanchi, molli e beffardi, della loro visibile, addirittura sfacciata smania di mordacità, di cui non solo temevo di diventare vittima, ma di cui desideravo essere unanimemente riconosciuto complice, piombavo subito in uno sciocco, muto pudore, per poi cadere, dopo neanche due minuti, in quell'arrogante ' decadentismo ' di cui noi tutti eravamo i figli perduti e superbi.

Tale l'assurdo dissidio in cui mi trovavo senza sapere realmente da chi cercare conforto. In certi momenti pensavo di fare di mia madre la mia confidente. Ma allora ero ancora giovane, e poiché ero così giovane la ritenevo incapace di capire le mie preoccupazioni. Anche il rapporto che intrattenevo con mia madre non era, infatti, un rapporto autentico e spontaneo, bensì il misero tentativo di imitare il rapporto che i giovanotti di allora avevano con le loro madri. Ai loro occhi esse non erano affatto madri vere e proprie, ma una sorta di macchine incubatrici alle quali essi dovevano la loro maturità e la loro vita: nel migliore dei casi, qualcosa di simile a un paesaggio natale dove casualmente si è venuti al mondo e a cui non si dedica più nient'altro che un pensiero e un po' di commozione. Io invece, per tutta la mia vita, ho avuto quasi un sacro timore di mia madre; soltanto, era un sentimento che soffocavo. Mangiavo a casa soltanto a mezzogiorno. Sedevamo in silenzio, alla grande tavola nella spaziosa sala da pranzo, l'uno di fronte all'altra, il posto del mio defunto padre a capotavola, restava vuoto, e ogni giorno, secondo le disposizioni di mia madre, le posate e un piatto vuoto venivano portati in tavola per l'eterno assente. Si può dire che mia madre era seduta alla destra del defunto, io alla sua sinistra. Lei beveva un moscatello biondo, io una mezza bottiglia di Vöslauer. Non mi piaceva. Avrei preferito del Borgogna. Ma mia madre aveva stabilito così. Ci serviva il nostro vecchio domestico Jacques, con le sue mani tremolanti di vegliardo nei guanti bianchi come neve. I suoi folti capelli erano quasi dello stesso bianco. Mia madre mangiava poco, in fretta, ma dignitosamente. Ogni volta che alzavo lo sguardo su lei, l'abbassava sul piatto: eppure un attimo prima me l'ero sentito addosso. Ah, sapevo benissimo che aveva molte domande da rivolgermi e che le rintuzzava solo per risparmiare a se stessa l'umiliazione di venire ingannata da suo figlio, dal suo unico figlio. Con cura ripiegava il tovagliolo. Erano questi gli unici momenti nei quali avevo agio di osservare il suo viso largo, ormai un po' floscio, e le sue molli guance cascanti e le palpebre pesanti, rugose. Fissavo il suo grembo, su cui ripiegava il tovagliolo e pensavo con reverenza, ma, al tempo stesso, anche rimprovero, che là era l'origine della mia vita, il caldo grembo, il luogo più materno di mia madre, e mi stupivo che io potessi sederle di fronte così muto, così testardo, anzi, così inflessibile, e anche che lei, mia madre, non trovasse parole per me, e palesemente avesse soggezione di questo suo figlio già grande, cresciuto troppo in fretta, né più né meno come io di lei, già vecchia, invecchiata troppo in fretta, lei che mi aveva dato la vita. Come le avrei parlato volentieri del dissidio che era in me, della mia doppia vita, di

Elisabeth, dei miei amici! Ma era evidente che non voleva udire nulla di tutto ciò che intuiva, per non essere costretta a riprovare a voce alta quello che in silenzio spregiava. Forse è probabile che anche lei si fosse arresa all'eterna crudele legge di natura che obbliga i figli a dimenticare presto la loro origine; a tenere le loro madri in conto di vecchie signore; a non rammentarsi più del seno dal quale accolsero il loro primo nutrimento: legge immutabile che obbliga anche le madri a vedere i frutti del loro ventre farsi sempre più grandi, sempre più estranei, con dolore dapprima, poi con amarezza e infine con rassegnazione. Io sentivo che mia madre parlava così poco perché non voleva farmi dire cose per le quali avrebbe dovuto risentirsi con me. Ma se fossi stato libero di parlare con lei di Elisabeth e del mio amore per questa ragazza, probabilmente avrei profanato, in un certo senso, lei, mia madre, e me stesso. Qualche volta ero stato infatti sul punto di cominciare a parlare del mio amore. Ma mi venivano in mente gli amici. E anche il rapporto che essi avevano con le loro madri. Avevo la sensazione infantile che una confessione potesse tradirmi. Come se tacere qualcosa alla propria madre non fosse in ogni caso un tradimento di se stesso, e per di più un tradimento di questa madre. Quando i miei amici parlavano delle loro madri, io mi vergognavo tre volte: cioè per i miei amici, per mia madre e per me stesso. Parlavano di loro pressappoco come se parlassero di quelle ‘ liaisons ’ che avevano troncato o che avevano lasciato da parte, quasi si trattasse di amanti invecchiate troppo presto o, peggio ancora, come se le madri fossero poco degne dei loro figli.

Erano dunque i miei amici che mi impedivano di obbedire alla voce della natura e della ragione dando libero sfogo tanto al mio sentimento per l'amata Elisabeth, quanto all'amore filiale per mia madre.

Senonché doveva ben presto apparire che questi peccati, che i miei amici e io ci addossavamo, non erano affatto nostri personali, bensì soltanto le deboli avvisaglie dello sfacelo che ci attendeva e di cui racconterò fra non molto.

VI

Prima di questo grande sfacelo doveva essere mio destino incontrare l'ebreo Manes Reisiger, del quale si tornerà a parlare anche in seguito.

Veniva da Zlotogrod, in Galizia. Qualche tempo dopo conobbi questa Zlotogrod e così la posso descrivere. Mi pare importante perché non esiste più, proprio come Sipolje. Fu appunto distrutta dalla guerra. Un tempo era una cittadina, una piccola cittadina, ma una cittadina comunque. Oggi è un enorme prato. D'estate ci cresce il trifoglio, i grilli cantano nell'erba alta, i lombrichi ci prosperano, grossi e inanellati, e le allodole piombano giù per divorarli.

L'ebreo Manes Reisiger venne da me un giorno d'ottobre di mattina, più o meno così di buon'ora come, un paio di mesi prima, era venuto da me il suo amico, mio cugino Branco. E venne con la raccomandazione di mio cugino Joseph Branco. « Signorino, » disse Jacques « un ebreo chiede di parlare col signorino ». Io conoscevo allora alcuni ebrei, naturalmente ebrei viennesi. Non li odiavo affatto, e precisamente perché a quell'epoca il reale antisemitismo della nobiltà e degli ambienti che frequentavo era diventato una moda dei portinai, dei piccoli borghesi, degli spazzacamini, dei tappezzieri. Questo mutamento era del tutto analogo a quello dell'abbigliamento, per cui la figlia di un usciere comunale appuntava sul cappello della domenica esattamente la stessa piuma di struzzo che una Trautmannsdorff o una Szechenyi aveva portato, tre anni prima, il mercoledì. E proprio come ora una Szechenyi non poteva appuntare sul suo cappello la piuma di struzzo che ornava quello della figlia dell'usciere comunale, così la buona società, della quale mi consideravo membro, non poteva disprezzare un ebreo: per il semplice motivo che già lo faceva il mio portiere.

Andai nell'anticamera convinto di trovarmi di fronte uno di quegli ebrei che conoscevo e la cui professione sembrava aver impregnato, anzi addirittura plasmato, il loro aspetto fisico. Conoscevo cambiavalute, venditori ambulanti, negozianti d'abiti e pianisti di bordello. Ma quando entrai nell'anticamera, vidi un uomo che non solo non corrispondeva affatto alla mia consueta immagine di un ebreo, ma che avrebbe potuto perfino arrivare a distruggerla radicalmente. Era qualcosa di sinistramente nero e sinistramente colossale. Non si sarebbe potuto dire che la sua barba, la sua liscia barba nera, anzi bluastra, incorniciasse il viso bruno, duro, ossuto. No, il viso cresceva direttamente dalla barba, come se questa per così dire fosse stata lì da prima, prima ancora del viso, e per anni avesse aspettato di incorniciarlo e di sopraffarlo col suo rigoglio. L'uomo era alto e robusto. In mano reggeva un berretto di reps nero con visiera e in testa portava uno zucchetto di velluto sul tipo di quelli che talvolta portano gli ecclesiastici. Se ne stava in piedi, accanto alla porta, enorme, cupo, come una forza che s'impone, le sue mani rosse chiuse a pugno penzolanti come due martelli dalle maniche nere del suo caffetano. Dalla fascia interna di pelle del suo berretto di reps tirò fuori la lettera in sloveno, piegata piccolissima, di mio cugino Joseph Branco. Lo pregai di sedersi, ma rifiutò con un gesto timido delle mani e questo rifiuto mi parve tanto più timido proprio perché espresso con quelle mani, una sola delle quali sarebbe bastata a fracassare me, la finestra, il tavolinetto di marmo, l'attaccapanni e in genere tutto ciò che si trovava nell'anticamera. Lessi la lettera. Vi appresi come l'uomo che mi stava dinanzi fosse Manes Reisiger di Zlotogrod, di professione vetturino, amico di mio cugino Joseph Branco, il quale durante il suo giro annuale attraverso i territori della Corona, dove vendeva le caldarroste, fruiva presso di lui, il latore della lettera, di cibo e alloggio gratis, e come io fossi tenuto, in nome della nostra parentela e della nostra amicizia, a essere di aiuto a questo Manes Reisiger: in tutto ciò che egli desiderasse da me.

E che cosa desiderava da me questo Manes Reisiger di Zlotogrod?

Nient'altro che un posto gratuito al Conservatorio per il suo dotatissimo figlio Ephraim. Questi non doveva diventare vetturino e nemmeno marcire nelle remote contrade orientali della monarchia. Stando al padre, Ephraim era un musicista geniale. Detti così la mia parola. Cominciai col cercare il mio amico, il conte Chojnicki che, in primo luogo, era l'unico galiziano fra tutti i miei amici e, in secondo, il solo in grado di spezzare l'antichissima, tradizionale, efficace resistenza dei vecchi funzionari austriaci: con la minaccia, con l'uso della violenza, l'astuzia e la perfidia, le armi cioè di una vecchia civiltà scomparsa da un pezzo, appunto quella del nostro mondo.

La sera incontrai il conte Chojnicki al nostro caffè Wingerl.

Sapevo benissimo che pregarlo di intervenire a favore di uno dei suoi compaesani era il piacere più grande che si potesse fargli. Non solo non aveva una professione, ma neppure un'occupazione. Lui che nell'esercito, nell'amministrazione, nella diplomazia avrebbe potuto intraprendere una cosiddetta ' brillante carriera ' e che l'aveva categoricamente rifiutata per disprezzo dei cretini, dei tangheri, dei baggiani, di tutti quelli che amministravano lo Stato e che egli amava definire « teste di gnocco », trovava un raffinato piacere nel far sentire la propria potenza ai consiglieri di corte, la potenza effettiva cioè, che appunto una dignità non ufficiale conferiva. E lui che era così cordiale, così tollerante perfino compiacente nei confronti di camerieri, vetturini, fattorini e portalettere, che non trascurava mai di togliersi il cappello quando chiedeva a una guardia o a un portinaio una qualsiasi informazione di nessuna importanza, assumeva un'espressione quasi irriconoscibile quando intraprendeva una delle sue azioni di patrocinatore alla Ballhausplatz, nell'ufficio del prefetto, nel ministero del culto e della pubblica istruzione: una superbia glaciale, come una visiera traslucida, calava sui suoi lineamenti. Se dabbasso, al portone, davanti al portiere in livrea, era ancora in certa misura affabile, talvolta persino benevolo, a ogni gradino che saliva cresceva visibilmente la sua opposizione nei confronti dei funzionari finché, giunto all'ultimo piano, dava l'impressione di uno che fosse venuto fin lì per amministrare la giustizia con tremenda severità. In alcuni uffici era già conosciuto. E quando nel corridoio con voce minacciosamente bassa diceva all'usciere: Mi annunci al consigliere!, era raro che gli si chiedesse il nome e, se nondimeno accadeva, egli ripeteva con voce possibilmente ancor più bassa: Mi annunci subito, prego! La parola « prego! », comunque, suonava già più forte.

Inoltre, egli amava la musica, e anche per questo motivo mi sembrò giusto ricorrere a lui per appoggiare il giovane Reisiger. Promise senza indugio che il giorno seguente avrebbe tentato subito tutto il possibile. Fu tale la sua prontezza nell'offrire il suo aiuto che cominciarono a venirmi degli scrupoli di coscienza e gli chiesi perciò se per caso non preferiva avere una prova del talento del giovane Reisiger, prima di interporre i suoi buoni uffici per lui. Ma questo discorso lo irritò. « Lei conosce forse i suoi sloveni, » disse « ma io conosco i miei ebrei di Galizia. Il padre si chiama Manes e fa il vetturino, come lei mi ha appena detto. Il figlio si chiama Ephraim, e questo per me è più che sufficiente. Io sono convintissimo del talento del giovane. Lo so grazie al mio sesto senso. I miei ebrei galiziani sono abili in tutto. Ancora dieci anni fa non mi piacevano. Ora li ho cari, perché queste teste di gnocco hanno cominciato a fare gli antisemiti. Bisogna solo che m'informi di quali sono di preciso le autorità competenti, e soprattutto di quali fra questi signori sono antisemiti. Perché li voglio far arrabbiare col piccolo Ephraim, e ci andrò col vecchio. Spero che abbia l'aspetto d'un vero ebreo ».

« Porta un caffetano di media lunghezza » dissi. « Bene, bene, » esclamò il conte Chojnicki « questo è il mio uomo. Sa, io non sono un patriota, ma ai miei compaesani voglio bene. Tutto un Paese, una patria, è qualcosa di astratto. Ma un compaesano è qualcosa di concreto. Non posso voler bene a tutti i campi di frumento e di grano, a tutti i boschi di abeti, a tutte le paludi, a tutti i polacchi, uomini e donne. Ma un certo campo, un boschetto, una palude, una persona: *à la bonheur!* Li vedo, li tocco con mano, parlano la lingua che mi è familiare, sono appunto, per il fatto d'essere singoli, l'incarnazione del familiare. E del resto si dà anche il caso di persone che io definisco compaesani quand'anche sian nati in Cina, in Persia, in Africa. Taluni mi sono familiari alla prima occhiata. Un vero ' compaesano ' quale intendo io ti piove dal cielo come segno della grazia. Se poi per giunta è nato nella mia terra: *à la bonheur!* Ma questo è un caso, l'altro è un destino ». Alzò il bicchiere e gridò: « Viva i compaesani, i miei compaesani di tutto il mondo! ».

Due giorni dopo gli portai il vetturino Manes Reisiger all'Hotel Kremser. Manes sedeva a malapena sul bordo della sedia, immobile, un essere nero, colossale. A vederlo sembrava che non si fosse seduto da sé, che qualcun altro l'avesse messo a sedere, per caso, sul bordo, e che da solo non fosse in grado di occupare tutto il posto. All'infuori delle due frasi che ripeteva di tanto in tanto e a sproposito – e cioè: Mi scuso coi signori! e: Ringrazio molto i signori! – non diceva nulla, e sembrava anche che capisse ben poco. Fu Chojnicki a raccontare al vetturino Manes di Zlotogrod com'era Zlotogrod; perché Chojnicki conosceva tutte le località della Galizia. « Allora domani, alle undici, andiamo a sistemare la questione » concluse.

« Ringrazio molto i signori! » disse Manes. Con una mano sventolò il berretto di reps e con l'altra sollevò lo zucchetto. S'inchinò di nuovo quando fu sulla porta, che il portiere gli teneva aperta e al quale egli sorrise riconoscente e soddisfatto.

In realtà, un paio di settimane dopo il giovane Ephraim fu accolto al Conservatorio. Il giovane venne da Chojnicki per ringraziarlo. Quella volta c'ero anch'io da Chojnicki in albergo. Il giovane Ephraim Reisiger aveva un po' l'aria corrucciata e, mentre ringraziava, dava l'impressione di un giovane che ha una rimostranza da fare. Parlava polacco, e io, grazie al mio sloveno, capivo soltanto una parola su tre. Ma compresi dalla faccia e dalle occhiate del conte Chojnicki che l'atteggiamento critico, anzi arrogante, del giovane gli piaceva.

« Così si fa! » disse, dopo che il giovane se ne fu andato. « Da noi la gente non ti dice mai grazie – semmai il contrario. Sono uomini alteri gli ebrei galiziani, i miei ebrei galiziani! Vivono nell'idea che tutte le posizioni di privilegio spettino loro di diritto. Accolgono favori e privilegi con la stessa sublime equanimità con cui reagiscono alle sassate e agli insulti. Tutti gli altri si ribellano se vengono insultati e si umiliano se si fa loro del bene. Solo i miei ebrei polacchi non vengono toccati né da un insulto, né da un favore. Nel loro genere, sono degli aristocratici. Perché la caratteristica dell'aristocratico è innanzi tutto l'equanimità; e mai altrove ho visto equanimità più grande che presso i miei ebrei polacchi! ».

Diceva « i miei ebrei polacchi » con lo stesso tono col quale tante volte in mia presenza aveva detto: i miei beni, i miei van Gogh, la mia collezione di strumenti musicali. Avevo la chiara sensazione che, almeno in parte, tenesse in così gran conto gli ebrei perché li considerava una sua proprietà. Pareva quasi che fossero venuti al mondo in Galizia non per volontà di Dio, ma perché egli li aveva personalmente ordinati all'Onnipotente, così come era solito ordinare tappeti persiani al noto commerciante Pollitzer, pappagalli all'uccellaio italiano Scapini e rari strumenti antichi al liutaio Grossauer. E con la stessa cura, la stessa avveduta *noblesse* con cui trattava tappeti, uccelli, strumenti, cercava anche di compiacere i suoi ebrei; al punto che ritenne fosse suo semplice dovere scrivere una lettera al padre del giovane un po' troppo arrogante, il bravo vetturino Manes, una lettera di congratulazione per l'ammissione di Ephraim al Conservatorio. Chojnicki aveva infatti paura che il vetturino Manes potesse precederlo con una lettera di ringraziamento.

Ma il vetturino Manes Reisiger, ben lungi dallo scrivere lettere di ringraziamento e assolutamente incapace di valutare il favore del destino che aveva messo sulla sua strada e su quella di suo figlio il conte Chojnicki e me, incline semmai a supporre che il talento di suo figlio Ephraim fosse così smisurato che un conservatorio viennese doveva considerarsi felice di ospitare un tale figlio, mi fece visita due giorni dopo ed esordì con queste parole: « Se un uomo, a questo mondo, ha delle capacità arriva a qualcosa. Io gliel'ho sempre detto a mio figlio Ephraim. E così è stato. È il mio unico figlio. Suona il violino divinamente. Qualche volta dovrebbe chiedergli di suonarle qualcosa. Ed è superbo. Chissà poi se lo farà! ». Pareva quasi che dovessi ringraziare il vetturino Manes perché mi era stato concesso di procurare a suo figlio un posto al Conservatorio. « Non mi resta altro da fare qui a Vienna, » continuò « domani tornerò a casa ».

« Deve ancora far visita al conte Chojnicki, » dissi « per ringraziarlo ».

« Un uomo fine il signor conte! » riconobbe Manes. « Gli farò un saluto. Ha già sentito suonare il mio Ephraim? ».

« No! » dissi. « Dovrebbe pregare di farlo! »

Il treno del vetturino Manes Reisiger partiva alle undici di sera e verso le otto egli venne da me e mi chiese, o meglio, quasi mi ordinò di portarlo all'albergo del conte Chojnicki.

E così, ce lo portai. Chojnicki, molto grato, andò in visibilio. Era perfino commosso. « Che bel gesto » esclamò « venire qui per ringraziarmi! Io glielo avevo detto: i nostri ebrei son fatti così! ».

Finì col ringraziare il vetturino Manes per avergli dato l'occasione di conservare al mondo un genio. Si aveva l'impressione che Chojnicki non avesse aspettato altro, da dieci o vent'anni a questa parte, che il figlio di Manes Reisiger, e che ora, finalmente, si fosse compiuto per lui un desiderio a lungo accarezzato e amorosamente coltivato. Per pura e semplice gratitudine offrì perfino a Manes Reisiger il denaro per il viaggio di ritorno. Il vetturino rifiutò, ci invitò invece tutti e due ad andare a trovarlo. Aveva una casa, disse, tre stanze, una cucina, una stalla per il cavallo e un giardino dove teneva la sua carrozza e la sua slitta. Oh, era tutt'altro che un vetturino povero. Guadagnava anche cinquanta corone al mese. E, se fossimo andati da lui, ce la saremmo passata magnificamente. Ci avrebbe pensato lui a che non avessimo a mancare di nulla.

Non trascurò nemmeno di ricordarci, a Chojnicki e a me, che era nostro preciso dovere occuparci di suo figlio Ephraim. « Di un simile genio bisogna aver cura! » disse accomiatandosi.

Chojnicki promise; e promise anche che l'estate seguente saremmo andati di sicuro a Zlotogrod.

VII

Arrivato a questo punto devo parlare di una questione importante che, quando cominciai a scrivere questo libro, avevo sperato di poter evitare. Si tratta, niente meno, che della religione.

Io ero miscredente, come i miei amici, come tutti i miei amici. Non andavo mai alla messa. Ero solito però accompagnare mia madre fin davanti all'ingresso della chiesa, mia madre che forse, è vero, non era credente, ma sicuramente ' praticante ' come si diceva. A quell'epoca odiavo addirittura la Chiesa. Per la verità, oggi che sono credente, non so più perché l'odiassi. Era ' di moda ', per così dire.

Mi sarei vergognato se avessi dovuto dire ai miei amici che ero andato in chiesa. Non c'era in loro una vera ostilità verso la religione, bensì una specie di orgoglio nel non riconoscere la tradizione nella quale erano cresciuti. Non è che volessero rinunciare alla sostanza dalla loro tradizione; ma essi, anzi noi – io ero dei loro – ci ribellavamo alle forme della tradizione, perché non sapevamo che la vera forma è identica alla sostanza e che era puerile scindere l'una dall'altra. Era puerile, come ho detto: e infatti noi allora eravamo puerili. La morte incrociava già le sue mani ossute sopra i calici dai quali noi bevevamo, lieti e puerili. Noi non la sentivamo, la morte. Non la sentivamo perché non sentivamo Dio. Fra di noi il conte Chojnicki era l'unico che si attenesse ancora alle formalità religiose, ma anche lui non già per fede, bensì per il sentimento che la nobiltà lo obbligasse a seguire i precetti della religione. Noialtri, che li trascuravamo, ci considerava semianarchici. « La Chiesa romana » usava dire « in questo marcio mondo è l'unica ormai in grado di dare, di conservare una forma. Anzi, si può dire, di dispensare forma. In quanto racchiude nella dogmatica, come in un palazzo di ghiaccio, l'elemento tradizionale delle cosiddette ' antiche usanze ', procura e concede ai suoi figli tutt'intorno, fuori di questo palazzo di ghiaccio che ha un ampio e spazioso vestibolo, la libertà di coltivare l'indolenza, di perdonare l'illecito, e anzi di commetterlo. Mentre statuisce dei peccati, già li perdona. Non ammette assolutamente uomini perfetti: questo è il suo contenuto eminentemente umano. I suoi figli perfetti essa li santifica. Con questo ammette implicitamente l'imperfezione degli uomini. Anzi, ammette l'inclinazione al peccato nella misura in cui non considera più come umani quegli esseri che al peccato non sono soggetti: questi diventano beati o santi. Con ciò la Chiesa romana dà testimonianza della sua fondamentale propensione al perdono, alla remissione. Non esiste più nobile propensione del perdono. Considerate che non ne esiste di più volgare della vendetta. Non c'è nobiltà senza generosità, come non c'è brama di vendetta senza volgarità ».

Era il più vecchio e il più saggio fra noi, il conte Chojnicki; ma noi eravamo troppo giovani e troppo sciocchi per tributare alla sua superiorità quell'omaggio che essa certamente meritava. Lo ascoltavamo più per compiacenza che per convinzione e, per giunta, c'immaginavamo anche di fargli una gentilezza a starlo ad ascoltare. Per noi, cosiddetti giovani, era un uomo maturo. Solo più tardi, in guerra, ci fu dato di vedere quanto fosse veramente più giovane di noi.

Ma solo tardi, troppo tardi, ci accorgemmo che in realtà noi non eravamo più giovani di lui, bensì semplicemente senza età, per così dire ' innaturalmente' senza età. Mentre lui era naturale, degno dei suoi anni, autentico e benedetto da Dio.

VIII

Un paio di mesi dopo ricevetti dal vetturino Manes Reisiger la lettera che segue:

« Pregiatissimo Signore,

Dopo il grande onore che Lei mi ha fatto e il grosso servigio resomi, mi permetto devotamente comunicarLe che Le sono molto, molto riconoscente. Mio figlio mi scrive che fa progressi al Conservatorio e a Lei vado debitore di tutto il suo genio. La ringrazio di cuore. In pari tempo mi permetto chiederLe se volesse essere così gentile da venire qui, da noi. Suo cugino, il caldarrostaio Trotta, alloggia sempre, vale a dire da dieci anni a questa parte, da me, ogni autunno. Ho pensato che anche a Lei sarebbe forse gradito alloggiare da me. La mia casetta è povera, ma spaziosa.

Pregiatissimo Signore, La prego di non volermene per quest'invito. Io sono così piccolo e Lei così grande! Pregiato Signore, chiedo anche scusa se faccio scrivere questa lettera. Io non so scrivere, salvo il mio nome. Questa lettera è scritta, per mia volontà, dallo scrivano pubblico del nostro paese, Hirsch Kiniower, cioè da un uomo fidato, dabbene e legalmente autorizzato. Servo devoto del pregiatissimo Signore, Suo

Manes Reisiger, vetturino a Zlotogrod ».

La lettera intera era vergata con molta cura, in bella calligrafia: ' come stampata ', si diceva allora di questa specie di scrittura. Soltanto la firma, il nome appunto, tradiva la commovente goffaggine della mano del vetturino. La sola vista di questa firma sarebbe bastata a farmi prendere la decisione e a fissare per l'inizio del prossimo autunno il mio viaggio a Zlotogrod. Spensierati a quell'epoca eravamo tutti e io ero spensierato come tutti gli altri. La nostra vita prima della grande guerra era idilliaca e già un viaggio nella lontana Zlotogrod sembrava a noi tutti un'avventura. E il fatto che io dovessi essere l'eroe di quest'avventura era per me una splendida occasione per farmi bello agli occhi dei miei amici. Così, benché questo viaggio avventuroso fosse ancora tanto lontano nel tempo, e benché io solo dovessi farlo, pure ne parlavamo ogni sera, come se soltanto una settimana mi separasse da Zlotogrod e non fossi io solo a doverlo intraprendere, ma noi tutti insieme. A poco a poco questo viaggio diventò per noi tutti una frenesia, addirittura un'ossessione. E cominciammo a raffigurarci molto arbitrariamente la piccola lontana Zlotogrod, al punto che perfino noi, nell'atto stesso di descriverla, eravamo convinti di abbozzarne una immagine completamente falsa; eppure non potevamo smettere di falsare questo luogo che nessuno di noi conosceva. Ossia: di dotarlo di attributi di ogni specie che fin da principio sapevamo essere arbitrario frutto della nostra fantasia e niente affatto le qualità reali della cittadina.

Tale era la serenità di quei tempi! La morte incrociava già le sue mani ossute sopra i calici dai quali bevevamo. Noi non la vedevamo, non vedevamo le sue mani. Ci dilungavamo a parlare di Zlotogrod con tanta foga e tanta insistenza che fui preso dalla paura che un giorno potesse sparire all'improvviso, o che i miei amici cominciassero a credere che quella Zlotogrod fosse diventata irreale e non esistesse affatto se non nei miei racconti. All'improvviso fui preso dall'impazienza e perfino dalla bramosia di vedere questa città e il vetturino di nome Reisiger.

Partii nel colmo dell'estate del 1914 dopo aver scritto al cugino Trotta, a Sipolje, che lo aspettavo là.

IX

Nel colmo dell'estate del 1914 partii dunque per Zlotogrod. Presi alloggio all'albergo dell'Orso d'oro, l'unico di quella cittadina che, a quanto mi avevano detto, si convenisse a un europeo.

La stazione era minuscola come quella di Sipolje, di cui avevo serbato scrupoloso ricordo. Tutte le stazioni della vecchia monarchia austro-ungarica si rassomigliano, le piccole stazioni delle piccole località di provincia. Gialle e minuscole, erano simili a gatti pigri che d'inverno si sdraiano nella neve, d'estate al sole, quasi protette dalla tradizionale tettoia di vetro della banchina e vigilate dalla nera aquila bicipite su fondo giallo. Ovunque, a Sipolje come a Zlotogrod, il guardasala era lo stesso, lo stesso guardasala con la pancia prominente, la pacifica uniforme turchina, la cinghia nera di traverso al petto, la cinghia dove era infilata la campanella, madre del gaio, triplice e regolamentare squillo che annunciava la partenza; anche a Zlotogrod, come a Sipolje, sulla banchina, sopra l'ingresso dell'ufficio del capostazione, era attaccato quel nero ordigno di ferro dal quale prodigiosamente veniva il lontano suono argentino del lontano telefono, segnali da altri mondi, teneri e gradevoli, tanto da meravigliarsi che avessero trovato rifugio in un involucro così greve, per quanto piccolo; alla stazione di Zlotogrod, come in quella di Sipolje, il guardasala salutava chi partiva e chi arrivava, e il suo saluto era come una specie di benedizione militaresca; alla stazione di Zlotogrod, come in quella di Sipolje, c'era la stessa ' sala d'aspetto di seconda e di prima classe ', lo stesso buffet con le bottiglie di grappa e la stessa cassiera bionda dal seno prorompente e i due giganteschi palmizi, a destra e a sinistra del buffet, che facevano pensare sia a piante preistoriche sia a quinte di teatro. E davanti alla stazione sostavano i tre vetturini, né più né meno come a Sipolje. E io riconobbi subito l'inconfondibile vetturino Manes Reisiger.

Fu lui, naturalmente, a portarmi all'albergo dell'Orso d'oro. Aveva un bel fiacchere tirato da due cavalli bianchi, i raggi delle ruote erano laccati di giallo e queste erano gommate come quelle che Manes aveva visto alle vetture dette *Gummiradler*, a Vienna.

Per via mi confessò che, a essere sinceri, il suo fiacchere l'aveva rinnovato non tanto a causa mia, in attesa del mio arrivo, quanto per quella specie di istintiva passione che lo costringeva a tener d'occhio tutto quel che facevano i suoi colleghi, i vetturini viennesi, e a sacrificare i suoi risparmi al dio del progresso, comperando due cavalli bianchi e mettendo le gomme alle ruote.

Dalla stazione alla città la strada era molto lunga e Manes Reisiger ebbe tempo e modo di raccontarmi le storie che lo toccavano tanto da vicino. Nel frattempo teneva le redini con la sinistra. Alla sua destra la frusta era infilata nel sostegno. I cavalli conoscevano bene la strada, non era affatto necessario guidarli. Manes non aveva bisogno di occuparsi di loro e sedeva perciò a cassetta con aria noncurante, reggendo nella sinistra le briglie allentate e col busto chinato verso di me mentre mi raccontava la sua storia. Tutti e due i cavalli insieme erano costati solo centoventicinque corone. Erano cavalli dello Stato, ciechi entrambi dall'occhio sinistro, perciò inutilizzabili a scopi militari e ceduti a poco prezzo dal Nono dragoni di stanza a Zlotogrod. Comunque lui, il vetturino Manes Reisiger, non avrebbe mai potuto comperarli con tanta facilità se non fosse stato un beniamino del colonnello del Nono reggimento dragoni. C'erano in tutto cinque vetturini nella cittadina di Zlotogrod. Gli altri quattro, i colleghi di Reisiger, avevano carrozze sudicie, vecchie giumente pigre e sciancate, ruote sbilenche e sedili di pelle sfilacciati. I trucioli sbucavano perciò indomiti dal cuoio logoro e sforacchiato e non c'era davvero da pretendere che un signore, tanto meno un colonnello del Nono dragoni, si sedesse in un fiacchere simile.

Avevo una lettera di presentazione di Chojnicki per il comandante della guarnigione, il colonnello Földes del Nono, così come per il sottoprefetto, il barone Grappik. Subito all'indomani, il giorno dopo il mio arrivo, avevo in mente di fare una visita a entrambi. Il vetturino Manes Reisiger divenne silenzioso, non aveva più nulla di importante da dire, tutto quello che aveva importanza nella sua vita l'aveva già raccontato. Eppure lasciava ancora la frusta nel sostegno, teneva ancora le briglie allentate, da cassetta volgeva ancora il busto verso di me. L'eterno sorriso della sua bocca larga coi forti denti bianchi fra il nero notturno, quasi blu, dei baffi e della barba, faceva subito pensare a una luna lattiginosa fra i boschi, fra boschi ameni, appunto. Tanta era la serenità, la bontà di questo sorriso, che vinceva perfino la forza del paesaggio sconosciuto, piatto, malinconico, che attraversavo. Vasti campi alla mia destra, vaste paludi alla mia sinistra si estendevano lungo il cammino fra la stazione di Zlotogrod e la cittadina di Zlotogrod, pareva quasi che questa fosse rimasta consapevolmente lontana, in volontaria castità, dalla stazione che la collegava al mondo. Era un pomeriggio piovoso e, come ho detto, si era all'inizio dell'autunno. Le ruote gommate del vetturino Manes rotolavano con un silenzio spettrale sulla strada maestra sterrata, inzuppata dalla pioggia, ma gli zoccoli pesanti dei robusti cavalli, già statali, battevano in cadenza quel pantano nerastro sollevando davanti a noi densi schizzi di fango. Era già scuro quando raggiungemmo le prime case. In mezzo alla piazza del mercato, dirimpetto alla chiesetta, si ergeva l'unica casa a due piani di Zlotogrod, annunciata da lontano da un solitario e triste lampione: era l'albergo dell'Orso d'oro. Quel solitario lampione, lì davanti, faceva pensare a un orfano che cerca invano di sorridere fra le lacrime.

Pure, per quanto fossi preparato all'ignoto, e anzi a qualcosa di estremamente remoto, il più mi parve consueto e familiare. Solo molto più tardi, molto tempo dopo la grande guerra che giustamente, a mio parere, viene chiamata ' guerra mondiale ', e non già perché l'ha fatta tutto il mondo, ma perché noi tutti, in seguito ad essa, abbiamo perduto un mondo, il nostro mondo, solo molto più tardi, dicevo, dovevo accorgermi che perfino i paesaggi, i campi, le nazioni, le razze, le capanne e i caffè del genere più diverso e della più diversa origine devono sottostare alla legge del tutto naturale di uno spirito potente che è in grado di accostare ciò che è distante, di rendere affine l'estraneo e di conciliare l'apparentemente divergente. Parlo del frainteso e anche abusato spirito della vecchia monarchia, che in questo caso faceva sì che io fossi di casa a Zlotogrod non meno che a Sipolje o a Vienna. L'unico caffè di Zlotogrod, il caffè Asburgo, al pianterreno dell'albergo dell'Orso d'oro dove io avevo preso alloggio, non mi sembrò diverso dal caffè Wimmerl nella Josefstadt, dove ero solito incontrarmi il pomeriggio coi miei amici. Anche qui, dietro il banco, sedeva la familiarissima cassiera, bionda e grassoccia come ai miei tempi solo le cassiere potevano esserlo, una specie di candida dea del vizio, un peccato che si rivela solo per accenni, vogliosa, corruttibile e, in pari tempo, vigile affarista. Avevo già visto lo stesso a Zagabria, a Olmütz, a Brno, a Kecskemet, a Szombathely, a Ödenburg, a Sternberg, a Müglitz. Le scacchiere, le tessere del domino, le pareti annerite dal fumo, i lumi a gas, il tavolo da cucina nell'angolo, vicino ai gabinetti, la cameriera col grembiule azzurro, il gendarme con l'elmo giallo-argilla che entrava per un attimo, autoritario e imbarazzato allo stesso tempo, e quasi timido infilava nel portaombrelli il fucile con la baionetta inastata, e i giocatori di tarocchi, con gli scopettoni e i polsini rotondi, che si ritrovavano puntualmente ogni giorno alla stessa ora: tutto questo era patria, qualcosa di più forte che una semplice terra natale, vasto e variopinto, eppure familiare, e patria: l'imperial-regia monarchia. Il sottoprefetto barone Grappik e Földes, il colonnello del Nono dragoni, tutti e due parlavano lo stesso nasaleggiante tedesco ' statale ' delle classi elevate, una lingua insieme dura e dolce, quasi che i fondatori e padri di questa lingua fossero slavi e italiani, una lingua tutta ironia discreta e graziosamente disposta all'innocuità, al cicaleccio e perfino all'amabile assurdità. Non passò neanche una settimana che fui di casa a Zlotogrod come già a Sipolje, a Müglitz, a Brno e nel nostro caffè Wimmerl nella Josefstadt.

Naturalmente, ogni giorno perlustravo la zona col fiacchere del mio amico Manes Reisiger. Il paese in realtà era povero, ma si dimostrava ameno e placido. Perfino le estese, sterili paludi mi apparivano piene di buone linfe, e il coro amico delle rane, che da esse saliva, un peana di creature che meglio di me sapevano a che scopo Dio aveva creato loro e la loro patria, le paludi.

La notte sentivo talvolta i gridi rauchi, spesso interrotti, delle oche selvatiche che volavano alte. I salici e le betulle avevano ancora fronde copiose, ma dai grandi venerabili castagni cadevano già le foglie dorate, dure, dai margini ben dentellati. Le anatre schiamazzavano nel bel mezzo della strada, dove le pozze d'acqua interrompevano qua e là il fango argenteo che non si prosciugava mai.

La sera ero solito mangiare – o per essere più esatti, bere – con gli ufficiali del Nono reggimento dragoni. Sopra i calici dai quali noi bevevamo la morte invisibile incrociava già le sue mani ossute. Noi non la presentivamo ancora. Talvolta si restava insieme fino a tardi. Per un'inspiegabile paura della notte aspettavamo che venisse mattina.

Per un'inspiegabile paura, lo dico adesso, perché allora ci sembrava che si spiegasse facilmente; per noi la spiegazione stava nel fatto che eravamo troppo giovani per trascurare le notti. E invece, come solo in seguito mi resi conto, era la paura del giorno, o più esattamente della mattina, le ore più limpide del giorno. Allora si vede, e anche si è visti, chiaramente. Ma noi, noi non volevamo vedere chiaramente e nemmeno volevamo esser visti chiaramente.

La mattina dunque, per sfuggire sia a questa chiarezza sia al sonno pesante a me ben noto, che ti assale dopo una notte passata in bianco a far baldoria, tal quale un falso amico, un cattivo guaritore, un bonaccione imbronciato, un insidioso benefattore, mi rifugiavo da Manes, il vetturino. Spesso quando arrivavo, verso le sei di mattina, lui era appena sceso dal letto. Abitava fuori di porta, vicino al cimitero. Mi ci voleva circa mezz'ora per arrivare a casa sua. Talvolta capitavo giusto quando lui si alzava. La sua casetta era isolata, circondata da campi e prati che non gli appartenevano, intonacata d'azzurro e provvista di un tetto di scandole nerastre: non dissimile da una creatura vivente, non sembrava ferma bensì in movimento. Tanto era intenso il colore azzurro cupo dei muri in mezzo al verdegiallo che le appassiva dintorno. Quando spingevo il portone rosso scuro che dava accesso all'abitazione del vetturino Manes, alle volte lo vedevo proprio mentre usciva sulla porta di casa. Si fermava lì, davanti a quella porta marrone, con una rozza camicia, rozzi mutandoni, a capo scoperto e a piedi nudi, in mano una grossa brocca di terraglia marrone. Beveva ripetute sorsate d'acqua che poi risputava di bocca in un grande arco. Con la sua potente barba nera, proprio in fronte al sole che stava sorgendo, con i suoi panni rozzi, i suoi capelli arruffati e lanosi, faceva pensare alla foresta vergine, all'uomo primitivo, a una preistoria confusa e tardiva, il perché non si sapeva. Si sfilava la camicia e si lavava alla fontana. E lì sbuffava a più non posso, sputava, squittiva, lanciava urli quasi di gioia, era una vera e propria irruzione del passato nella posterità. Poi si rimetteva la sua rozza camicia ed entrambi ci incamminavamo l'uno incontro all'altro per scambiarci i saluti. Questo scambio di saluti era allo stesso tempo solenne e affettuoso. Era una specie di cerimoniale e sebbene ci vedessimo quasi tutte le mattine, era ogni volta una muta conferma del fatto che né lui era per me semplicemente un vetturino ebreo, né io per lui semplicemente un influente giovanotto viennese. Talvolta mi pregava di leggere le rare lettere che suo figlio scriveva dal Conservatorio. Erano lettere brevissime, ma siccome lui, in primo luogo, non afferrava prontamente la lingua tedesca in cui il figlio – Dio sa per quale motivo – si sentiva in dovere di scrivergli, e secondariamente perché il suo tenero cuore di padre doveva desiderare che queste lettere non fossero troppo brevi, stava attento che io le leggessi molto lentamente. Spesso chiedeva pure che ripetessi le frasi due o tre volte.

Le galline, nel piccolo pollaio, cominciavano a schiamazzare non appena egli usciva nel cortile. I cavalli nitrivano, con voluttà quasi, incontro al mattino e al vetturino Manes. Prima apriva la stalla, e tutti e due i cavalli bianchi allungavano contemporaneamente la testa fuori della porta. Lui li baciava entrambi, allo stesso modo in cui si baciano le donne. Poi andava nella rimessa per tirar fuori la carrozza. Quindi attaccava i cavalli. Poi apriva il pollaio e le galline si sparpagliavano fra chiocciolii e sbattere d'ali. Era come se una mano invisibile le avesse seminate per il cortile.

Conobbi anche la moglie del vetturino Manes Reisiger. Si alzava di solito una mezz'ora circa dopo di lui e mi invitava a prendere il tè. Lo bevevo nella cucina tinta d'azzurro, davanti al grande samovar di latta stagnata, mentre Manes mangiava rafano grattugiato, cetrioli, pane e cipolla. L'odore era acuto, ma familiare, quasi come di casa, sebbene io non avessi mai fatto una colazione del genere; il fatto è che allora mi piaceva tutto, ero giovane, e con ciò è detto tutto.

Mi piaceva perfino la moglie del mio amico Manes Reisiger, sebbene fosse una di quelle donne che comunemente si definiscono brutte, perché era rossa di capelli, piena di lentiggini e rassomigliava a un semel inzuppato. Pure, e nonostante le dita grasse, aveva un modo appetitoso di versare il tè, di preparare la colazione a suo marito. Gli aveva partorito tre figli. Due erano morti di vaiolo. Qualche volta parlava dei figli morti come se fossero ancora in vita. Era come se per lei non ci fosse alcuna differenza fra i figli che aveva nella tomba e quello che se n'era andato al Conservatorio di Vienna e che per lei doveva essere come morto. Perché comunque era uscito dalla sua vita.

Vivo in ogni modo e ognora presente era però per lei mio cugino, il caldarrostaio. A questo proposito, io feci ogni specie di congetture.

In capo a una settimana, mio cugino Joseph Branco Trotta doveva arrivare.

X

E in capo a una settimana infatti arrivò.

Arrivò col suo mulo, col suo sacco di cuoio, con le sue castagne. Abbronzato, nero e gaio, era proprio come l'avevo visto l'ultima volta a Vienna. Era chiaro che gli pareva naturale di incontrarmi di nuovo qui. Ancora non era cominciata la vera stagione delle caldarroste. Mio cugino era venuto un paio di settimane prima semplicemente per riguardo a me. Per strada, dalla stazione alla città, sedette a cassetta a fianco del nostro amico Manes Reisiger. Il mulo l'avevano legato dietro al fiacchere con una fune della cavezza. Il sacco di cuoio, il forno, le castagne erano agganciati ai due lati della carrozza. Facemmo dunque il nostro ingresso nella cittadina di Zlotogrod, ma non destammo alcun interesse. A Zlotogrod erano abituati a vedere apparire, un anno sì e un anno no, mio cugino Joseph Branco. E anche a me, allo straniero smarritosi da quelle parti, sembrava si fossero già abituati. Il nostro ingresso nella cittadina non sollevò dunque alcun interesse.

Mio cugino Joseph Branco prese alloggio, come al solito, in casa di Manes Reisiger. Memore dei buoni affari che l'estate dell'anno avanti aveva fatto con la catena e l'orologio, mi aveva portato ancora un paio di coserelle folcloristiche, per esempio un portacenere d'argento sbalzato sul quale erano visibili due pugnali incrociati e il vecchio san Nicodemo che con essi non aveva niente a che fare, un boccale d'ottone che mi parve odorare di lievito, un cucù di legno dipinto. Tutte queste cose, così disse Joseph Branco, le aveva portate per regalarmele nel caso io fossi in grado di rimborsargli le ' spese di trasporto '. E io capii che cosa intendeva per ' spese di trasporto '. Gli comprai il portacenere, il boccale e il cucù di legno la sera stessa del suo arrivo. Era felice.

Per ingannare il tempo, come dava a intendere, ma in realtà per approfittare di ogni occasione che potesse fruttargli un po' di denaro, tentava di tanto in tanto di persuadere il vetturino Manes che lui, Joseph Branco, era un esperto cocchiere, migliore di Manes e anche più abile di lui a trovare clienti. Ma Reisiger non voleva saperne di discorsi del genere. La mattina presto attaccava da sé i suoi cavalli bianchi alla carrozza e senza curarsi di Joseph Branco andava alla stazione e in piazza del mercato dove posteggiavano i suoi colleghi, gli altri vetturini.

Era una bella estate piena di sole. E Zlotogrod non era una ' cittadina vera e propria ', perché più che a una cittadina assomigliava a un villaggio camuffato in cui il fresco respiro della natura si spandeva dovunque a tal segno che i boschi, le paludi, le colline che la circondavano sembravano quasi assediare la piazza del mercato, tanto da far credere che bosco e palude e collina potessero da un momento all'altro farvi il loro ingresso con altrettanta naturalezza di un viaggiatore di passaggio che venisse dalla stazione per scendere all'albergo dell'Orso d'oro. Eppure, nonostante tutto ciò, ai miei amici, tanto i funzionari della sottoprefettura quanto i signori del Nono dragoni, sembrava che Zlotogrod fosse proprio una vera città. Avevano bisogno della consapevolezza di non essere esiliati in luoghi sperduti e il solo fatto che esistesse la stazione ferroviaria di Zlotogrod procurava loro la sicura sensazione di non vivere ai margini di quella civiltà nella quale erano cresciuti e dalla quale erano stati viziati. Fingevano, di conseguenza, di essere costretti un paio di volte alla settimana a partirsi dalla cosiddetta aria malsana della città per andare in carrozza a trovare quei boschi, paludi e colline che in realtà venivano loro incontro. Giacché Zlotogrod non solo era piena di verde, ma addirittura anche assediata dai suoi dintorni. Capitava dunque che un paio di volte la settimana facessi, insieme ai miei amici, una gita nei cosiddetti ' dintorni ' di Zlotogrod col fiacchere di Manes Reisiger. Perché di ' gite ' infatti si parlava. Spesso facevamo sosta alla taverna di confine di Jadlowker. Il vecchio Jadlowker, un ebreo antichissimo dalla barba d'argento, sedeva rigido e mezzo paralizzato davanti all'immenso portone ad arco dai battenti color verde-prato. Somigliava a un inverno che ancora voglia godere gli ultimi bei giorni dell'autunno e portarseli via in quell'eternità così vicina nella quale non esistono più stagioni. Non sentiva nulla, non capiva una parola, era sordo come una campana. Ma dai suoi grandi occhi neri e tristi mi parve di intendere che egli in qualche modo vedesse tutto quello che i più giovani sentivano solo con gli orecchi, e che perciò fosse, per così dire, sordo di sua volontà e per suo sommo diletto. L'estate di san Martino passava su lui sommessa e tenera nell'aria. L'argenteo ma pur sempre tiepido sole autunnale inondava di luce il vecchio, che sedeva in faccia all'occidente, che era in attesa della sera e del tramonto, indizi terreni della morte, quasi aspettasse che l'eternità, alla quale quanto prima era destinato, venisse a lui, invece di andarle lui incontro. Instancabili stridevano i grilli. Instancabili gracidavano le rane. Una gran pace regnava in questo mondo, l'acerba pace dell'autunno.

Verso quell'epoca mio cugino Joseph Branco, fedele a una vecchia tradizione dei caldarrostai della monarchia austro-ungarica, usava drizzare il suo banco sulla piazza di Zlotogrod.

Per due giorni tutta la piccola cittadina continuò a essere invasa dal caldo odore dolciastro delle mele al forno.

Cominciò a piovere. Era un giovedì. Il giorno dopo, venerdì dunque, a tutti gli angoli delle strade era già affisso il proclama.

Era il proclama del nostro vecchio imperatore Francesco Giuseppe e diceva: « Ai miei popoli! ».

XI

Io ero alfiere della riserva. Neanche due anni prima avevo lasciato il mio battaglione, il Ventunesimo cacciatori. Mi parve, allora, che la guerra venisse più che a proposito. Nel momento in cui fu lì, inevitabile, davanti a me, capii subito – e credo che anche tutti i miei amici l'avessero capito all'istante come me – che perfino una morte assurda era preferibile a una vita assurda. Avevo paura della morte. Questo è certo. Io non volevo restare ucciso. Volevo unicamente acquistarmi la sicurezza di poter morire.

Mio cugino Joseph Branco e il suo amico, il vetturino Manes, erano tutti e due della riserva. Anche loro dovevano dunque rientrare in servizio. La sera di quel venerdì in cui era stato affisso ai muri il proclama dell'imperatore andai come al solito al circolo degli ufficiali per cenare coi miei amici del Nono dragoni. Non riuscivo a spiegarmi il loro appetito, né il loro usuale buonumore, né la loro stolta indifferenza all'ordine di marcia su Radziwillow, località a nord-est sul confine russo. Ero l'unico fra loro che riconoscesse già i sintomi della morte nelle loro facce inoffensive, perfino liete, in ogni caso per nulla turbate. Era come se si trovassero in quella specie di stato euforico di cui tanto sovente beneficiano i moribondi, un prodromo della morte. E sebbene sedessero a tavola ancora vivi e vegeti e bevessero grappa e birra, e sebbene io fingessi di prender parte ai loro stupidi scherzi, pure avevo l'impressione di essere come un medico o un infermiere che vede morire il suo paziente e si rallegra che il moribondo non sappia ancora nulla della morte imminente. E tuttavia, alla lunga, cominciai a sentire un malessere quale forse devono provare anche tanti e tanti medici o infermieri posti di fronte alla morte e all'euforia del moribondo, in quel momento cioè in cui potrebbero chiedersi se non è meglio annunciare al morituro la sua prossima fine piuttosto che accogliere come propizia la circostanza che questi se ne vada senza sospettare nulla.

Mi affrettai perciò a lasciare i signori del Nono dragoni e m'incamminai verso la casa di Manes, il vetturino, dal quale, come ho già detto, abitava mio cugino Joseph Branco.

Com'erano diversi loro due e che bene mi fecero dopo quella serata al circolo ufficiali del Nono dragoni! Forse erano le candele rituali che ardevano nella stanza tinta in azzurro del vetturino ebreo Manes, che ardevano incontro alla propria morte quasi in allegria, comunque risolute e sicure: tre candele, giallo-oro, infilate in bottiglie di birra verdi; perché il vetturino Manes era troppo povero per comprarsi anche dei semplici candelieri d'ottone. Ormai non erano che mozziconi di candela e a me sembravano simboleggiare la fine del mondo, che io sapevo cominciava ora a compiersi. Candida era la tovaglia, le bottiglie di quel verdone vilissimo che sembra dichiarare in anticipo, con plebea insolenza, la simpatica grossolanità del proprio contenuto appena bevibile – e giallo-oro i mozziconi moribondi. Le fiammelle vacillavano. Gettavano una luce inquieta sulla tavola e generavano ombre altrettanto inquiete, che vacillavano sulle pareti tinte in azzurro scuro. A capotavola sedeva Manes, il vetturino, non più nella sua tenuta usuale da vetturino, non più nella sua pelliccia di montone con la cinghia in vita e il berretto di reps, bensì con una giacca d'alpaca piuttosto lunga e uno zuccottino nero di felpa in testa. Mio cugino Joseph Branco portava la sua solita, frusta, giubba di cuoio e, per rispetto verso il suo ospite ebreo, il cappelluccio verde tirolese in testa. Da qualche parte cantava stridulo un grillo domestico.

« Ora noi tutti dobbiamo prendere commiato » cominciò Manes, il vetturino. E con molta più preveggenza dei miei amici del Nono dragoni, eppure pervaso da una grande equanimità, vorrei quasi dire nobilitato, proprio come dalla morte, che nobilita ogni uomo pronto a riceverla degnamente, proseguì: « Sarà una grande guerra, lunga, e non si può sapere chi di noi tre ritornerà. Per l'ultima volta io siedo qui, accanto a mia moglie, davanti alla mensa del venerdì sera, davanti ai ceri del *sabbat*. Prendiamo degno commiato, amici miei: tu, Branco, e lei, signore! ». E per solennizzare un commiato veramente degno, decidemmo di andare alla taverna di confine di Jadlowker, tutti e tre.

XII

La taverna di Jadlowker era sempre aperta, giorno e notte. Era la taverna dei disertori russi, cioè di quei soldati dello zar che con la persuasione, l'astuzia e la minaccia venivano costretti dai numerosi agenti delle società americane di navigazione a lasciare l'esercito e a imbarcarsi per il Canada. Certo ce n'erano molti che disertavano spontaneamente. Anzi, pagavano gli agenti con gli ultimi soldi di cui ancora disponevano, loro o i loro parenti. La taverna di confine di Jadlowker passava per quel che si dice un locale malfamato. Ma come tutti i locali malfamati di quella zona, era affidato alla particolarissima benevolenza della polizia austriaca di confine e perciò era, per così dire, sia sotto la protezione sia sotto la vigilanza sospettosa delle autorità.

Quando arrivammo – avevamo camminato per mezz'ora muti e depressi –, il grande portone color ruggine, a due battenti, era già chiuso e spenta perfino la lanterna appesa lì davanti. Dovemmo bussare e il garzone Onoufrij venne ad aprirci. Conoscevo la taverna di Jadlowker, c'ero già stato un paio di volte, conoscevo l'abituale baraonda che generalmente vi regnava, quel particolare baccano che fanno quelli che d'un tratto si trovano a non aver più patria , i disperati, tutti coloro che in realtà non hanno un presente ma che ancora stanno, appunto, a mezza strada fra il passato e il futuro, fra un passato familiare e un quanto mai incerto futuro, simili a passeggeri che si imbarcano, nell'istante in cui per un ponticello traballante passano dalla terraferma alla nave sconosciuta.

Ma oggi c'era silenzio. Un silenzio inquietante. Perfino il piccolo Kapturak, uno degli agenti più zelanti e rumorosi, che era solito dissimulare sotto una sospetta solerte loquacità le molte cose che a dissimulare era costretto dalla professione e dalla propria natura, sedeva oggi muto nell'angolo, sulla panca della stufa, più piccolo, più meschino di come era in realtà e quindi doppiamente inesistente, una silenziosa ombra di se stesso. Non più tardi di due giorni avanti aveva fatto passare il confine a un cosiddetto ' turno ' o, come si usava anche dire nella sua professione, a un ' carico ' di disertori, e ora c'era il proclama dell'imperatore affisso ai muri, c'era la guerra, perfino la potente agenzia di navigazione era impotente, il potente tuono della storia universale faceva ammutolire il piccolo, loquace Kapturak e il suo grande fulmine lo riduceva a un'ombra. Con lo sguardo vuoto e fisso i disertori, le vittime di Kapturak, sedevano davanti ai loro bicchieri vuotati solo a metà. Prima, ogni volta che ero andato nella taverna di Jadlowker, avevo osservato col piacere particolarissimo di un giovane leggero che nelle manifestazioni di frivolezza degli altri, anche dei più estranei, vede la legittimazione della propria incoscienza, avevo osservato, dicevo, la spensieratezza di coloro che erano appena espatriati, i quali vuotavano un bicchiere dopo l'altro e daccapo uno dopo l'altro ne ordinavano. L'oste Jadlowker in persona sedeva dietro il banco di mescita, come un annuncio di sventura, anzi non un messo della sventura, ma la sua personificazione; si vedeva che non aveva la minima voglia di riempire altri bicchieri, neanche se i suoi clienti l'avessero chiesto. Che senso aveva ancora tutto ciò? Domani, dopodomani potevano esserci i russi. Il povero Jadlowker, che appena una settimana prima se ne stava seduto lì, col suo pizzetto d'argento, in tutta la sua maestà, una sorta di borgomastro fra i tavernieri, coperto e assicurato dalla tacita protezione delle autorità non meno che dalla loro onorifica diffidenza, aveva ora l'aria di un uomo che debba liquidare tutto il proprio passato; di una vittima della storia universale, per l'appunto. E ugualmente la ponderosa cassiera bionda accanto a lui dietro il banco era stata, per così dire, licenziata, quasi in tronco, dalla storia universale. Ogni faccenda privata era d'un tratto passata nel regno di ciò che era pubblico. Lo rappresentava, ne faceva le veci, lo simboleggiava. Per ciò il nostro commiato fu così breve e insoddisfacente. Bevemmo semplicemente tre bicchieri di idromele e ci mangiammo in silenzio ceci salati. A un tratto mio cugino Joseph Branco disse: « Non ci penso neanche ad andare a Sarajevo. Mi presento a Zloczow insieme con Manes! ». « Bravo! » esclamai. Perché anche a me sarebbe piaciuto fare come mio cugino.

Ma io pensavo a Elisabeth.

XIII

Pensavo a Elisabeth. Avevo solo due pensieri in testa dacché avevo letto il proclama dell'imperatore: il pensiero della morte e il pensiero di Elisabeth. Ancora oggi non so quale dei due fosse il più forte.

Svaniti e dimenticati al cospetto della morte erano tutti i miei stolti timori per le stolte beffe dei miei amici. All'improvviso, mi sentivo coraggioso, per la prima volta in vita mia avevo il coraggio di ammettere la mia cosiddetta ' debolezza '. Sicuramente, già immaginavo che la frivola arroganza dei miei amici viennesi non avrebbe resistito al cupo fulgore della morte, e che nell'ora dell'addio, di un simile addio, non ci sarebbe stato più posto per qualsivoglia sarcasmo.

Avrei ben potuto presentarmi anch'io al comando del distretto militare di Zloczow a cui apparteneva il vetturino Manes e dove voleva recarsi anche mio cugino Joseph Branco. In realtà il mio intento era di dimenticare Elisabeth e i miei amici di Vienna e mia madre e consegnarmi al più presto possibile alla più vicina stazione della morte, ossia al comando del distretto militare di Zloczow. Un forte sentimento mi legava tanto a mio cugino Joseph Branco, quanto al suo amico, il vetturino Manes Reisiger. In prossimità della morte i miei sentimenti diventavano più onesti, quasi più puri, proprio come talvolta, di fronte a una grave malattia, idee e verità si fanno all'improvviso limpide, tanto che, nonostante la paura, nonostante l'assillante presentimento del dolore che ci prende alla gola, si prova una sorta di orgogliosa soddisfazione per il fatto di conoscere, finalmente, la felicità, che si è conosciuta attraverso il dolore, e un senso di gioia perché il prezzo della conoscenza lo si sa in anticipo. Si è molto felici nella malattia. Io allora non ero meno felice considerando la grande malattia che si annunciava nel mondo: la guerra mondiale. Potevo, in certo modo, dare libero corso a tutti i miei deliri, che altrimenti avevo represso. Ero in eguale misura affrancato e insidiato.

Sapevo già che mio cugino Joseph Branco e il suo amico Manes Reisiger mi erano più cari di tutti i miei amici di un tempo, fatta eccezione per il conte Chojnicki. L'idea che ci si faceva allora della guerra era molto semplicistica e piuttosto superficiale. Io almeno ero una di quelle non rare persone che credevano che ci saremmo schierati in ordine di battaglia, guarnigione per guarnigione, possibilmente compatti, e che, se non fianco a fianco, saremmo rimasti tuttavia a una distanza facilmente raggiungibile gli uni dagli altri. Mi figuravo, mi auguravo, di restare in prossimità di mio cugino Joseph Branco e del suo amico, il vetturino Manes.

Ma non c'era tempo da perdere. Il tormento maggiore di quei giorni, anzi l'assillo, era il fatto che non avevamo più tempo: non il tempo di godere lo spazio esiguo che ancora la vita ci lasciava, e nemmeno il tempo di aspettare la morte. A quell'epoca, anzi, non sapevamo veramente più se agognavamo la morte o ci auguravamo la vita. In ogni caso, per me e per quelli come me, furono quelle le ore della massima tensione vitale: quelle ore in cui la morte non ci appariva come un abisso in cui un giorno si precipita, bensì come la riva opposta che si cerca di raggiungere con un balzo; e si sa come sono lunghi i secondi che precedono il balzo sulla riva opposta.

Per prima cosa, com'era ovvio, ritornai a casa, da mia madre. Era chiaro che non doveva quasi più contare di rivedermi, ma si comportò come se mi avesse aspettato. È uno dei segreti delle madri: non rinunciano mai alla speranza di rivedere i loro figli, non solo quelli creduti morti, ma anche quelli morti per davvero; e se fosse possibile che un figlio morto risorgesse davanti a sua madre, lei se lo stringerebbe così naturalmente fra le braccia, come se non fosse ritornato dal mondo di là, ma da una delle lontane contrade di questo mondo. Sempre una madre aspetta il ritorno di suo figlio, del tutto indifferente se questi se n'è andato in un paese lontano, in uno vicino o nella morte.

Così dunque mi accolse anche mia madre quando arrivai verso la decima ora della mattina. Come al solito era seduta nella poltrona davanti alla colazione appena terminata, il viso nascosto dal giornale e sul naso gli occhiali fuori moda con le lenti ovali cerchiate di acciaio. Quando arrivai si levò gli occhiali, ma abbassò appena il giornale. « Riverisco, mamma! » dissi, andai verso di lei e le presi il giornale di mano. Mi lasciai cadere addirittura sul suo grembo. Lei mi baciò sulla bocca, sulle guance, sulla fronte. « C'è la guerra » disse, come se con ciò mi avesse comunicato una novità; o come se la guerra per lei fosse scoppiata solo nell'istante in cui io ero arrivato a casa per salutare lei, mia madre.

« C'è la guerra, mamma, » risposi « e io sono venuto per salutarti ». « E anche » aggiunsi dopo un attimo « per sposare Elisabeth prima di partire per la guerra ».

« A che scopo sposarsi » chiese mia madre « se tanto parti per la guerra? ». Anche qui parlava come parla una madre. Se doveva lasciare che suo figlio – l'unico per di più – andasse alla morte, voleva essere lei sola che alla morte lo consegnasse. Né il possesso, né la perdita voleva dividere con un'altra donna.

Già da tempo doveva aver intuito che amavo Elisabeth. (La conosceva bene). Già da tempo mia madre doveva aver cominciato a pensare con timore che un giorno avrebbe perso il suo unico figlio – per cederlo a un'altra donna –, il che a lei forse sembrava quasi peggio che cederlo alla morte. « Figlio mio, » disse « tu sei in grado di decidere da solo del tuo destino e sei l'unico che ne abbia il diritto. Vuoi sposarti prima di partire per la guerra; lo capisco. Non sono un uomo, non ho mai visto una guerra, a stento ho un'idea della vita militare. So però che la guerra è qualcosa di terribile e che tu forse ci perderai la vita. Questa è l'ora in cui posso dirti la verità. Non posso soffrire Elisabeth. Anche in altre circostanze non ti avrei impedito di sposarla. Ma non ti avrei mai detto la verità. Sposati e sii felice se le circostanze te lo permettono. E ora basta con questo discorso! Parliamo d'altro: quando prendi servizio? E dove? ».

Per la prima volta in vita mia mi sentivo confuso,

anzi piccolo piccolo di fronte a mia madre. Non fui capace di risponderle altro che un misero « Torno presto, mamma! », che ancor oggi mi risuona negli orecchi come un insulto.

« Vieni per il pranzo, ragazzo, » disse, come se al mondo non fosse successo nulla e come più o meno diceva da sempre « oggi, a pranzo, ci sono costolette e polpette con le prugne ».

Fu per me una sublime manifestazione dell'amore materno: questa improvvisa irruzione delle miti polpette con le prugne nell'imminenza della morte, per dir così. Avrei voluto buttarmi in ginocchio dalla commozione. Ma allora ero ancora troppo giovane per dimostrare commozione senza vergogna. E da quella volta mi sono reso conto che bisogna essere ben maturi e perlomeno avere molta esperienza per mostrare un sentimento senza l'impedimento della vergogna.

Baciai la mano di mia madre come al solito. La sua mano – non la dimenticherò mai – era delicata, sottile, percorsa da vene azzurrine. Attraverso i tendaggi di seta rosso scuro la luce del giorno, delicatamente smorzata, fluiva nella stanza come un ospite silenzioso, quasi in abito da cerimonia. Anche la mano pallidissima di mia madre riluceva rossastra in una sorta di scarlatto verecondo, una mano benedetta in un guanto trasparente di filtrato sole. E il trepido cinguettio autunnale degli uccelli del nostro giardino era per me pressappoco così consueto, e a un tempo così estraneo, come la ben nota mano di mia madre velata di rosso.

« Non posso perder tempo » dissi soltanto.

Andai dal padre della mia amata Elisabeth.

XIV

Il padre della mia amata Elisabeth era a quel tempo un noto, si può anzi dire famoso cappellaio. Da ordinario ‘ consigliere imperiale ’ era diventato un non straordinario barone ungherese. I costumi decisamente buffoneschi della vecchia monarchia esigevano talvolta che consiglieri commerciali di provenienza austriaca diventassero baroni ungheresi.

Per il mio futuro suocero la guerra arrivava più che a proposito. Era già troppo vecchio per essere ancora richiamato e abbastanza giovane per trasformarsi da serio fabbricante di cappelli in svelto produttore di quei berretti militari che rendono tanto di più dei cilindri e costano tanto di meno. Era mezzogiorno, al municipio sonavano appunto le dodici quando feci il mio ingresso in casa sua, e lui era appena rientrato da una visita al ministero della guerra che aveva avuto per lui esito favorevole. Aveva ottenuto un'ordinazione di mezzo milione di berretti militari. In questo modo, così mi disse, lui, pover'uomo alle soglie della vecchiaia, aveva tuttavia la possibilità di servire ancora la patria. Frattanto continuava a lisciarsi con entrambe le mani le fedine bionde filate di grigio, era quasi come se volesse accarezzare le due metà della monarchia, la Cisleitania e la Transleitania. Era alto, corpulento e goffo. Mi faceva pensare a una specie di facchino beato, che si era preso sulle spalle il peso di fabbricare mezzo milione di berretti e sembrava piuttosto agevolato che gravato da quel peso. « Naturalmente lei è richiamato! » disse con una voce francamente divertita. « Credo di poter supporre che mia figlia soffrirà della sua mancanza ».

In quel momento sentii che mi sarebbe stato impossibile chiedere a lui la mano di sua figlia. E con la precipitazione con cui si tenta di rendere l'impossibile pur tuttavia possibile, e con la fretta con la quale la morte, che avanzava a grandi passi, mi costringeva a gustare tutta l'intensità del mio misero avanzo di vita, dissi al cappellaio con poco garbo e molta impazienza: « Devo vedere subito la signorina sua figlia ».

« Mio giovane amico, » rispose « lo so, lei vuole chiedere la sua mano. So che Elisabeth non dirà di no. Perciò per il momento prenda la mia e si consideri mio figlio! ». E ciò dicendo mi tese la sua mano grande, flaccida e fin troppo bianca. Io la presi ed ebbi la sensazione di rimestare una specie di squallida pasta. Era una mano senza pressione e senza calore. Sbugiardava la parola « figlio », anzi la ritrattava.

Elisabeth venne e il cappellaio mi risparmiò ogni parola: « Il signor Trotta parte per la guerra, » disse mio suocero, così come avrebbe potuto dire: va in vacanza in Riviera « e prima vorrebbe sposarti ».

Parlava con lo stesso tono di voce col quale un'ora prima al ministero della guerra doveva aver parlato dei berretti col soprintendente alle forniture. Ma c'era Elisabeth. C'era il suo sorriso, che mandava come una luce davanti a lei e incontro a me, una luce, nata da lei e apparentemente eterna, giacché di continuo si rigenerava, una gioia argentina che pareva squillare per quanto fosse muta.

Ci abbracciammo. Ci baciammo, per la prima volta, appassionatamente, quasi senza pudore, nonostante la vigilanza del padre, anzi, forse proprio con la consapevolezza e il piacere perverso di avere accanto a noi un testimonio della nostra intimità. Mi lasciavo andare. Tempo non ne avevo. La morte mi stava già alle calcagna. Ero già figlio suo, più che figlio del cappellaio. Dovevo raggiungere il mio Ventunesimo nella Landstrasse Hauptstrasse. Uscii in gran fretta, passavo direttamente dai baci e dalle carezze all'esercito; dall'amore allo sfacelo. Godevo di ambedue con lo stesso impeto del cuore. Chiamai un fiacchere e andai in caserma.

Là trovai un paio di amici e commilitoni. Alcuni di loro venivano, come me, direttamente dai baci e dalle carezze.

XV

Direttamente dai baci e dalle carezze venivano, e per loro era come se avessero già adempiuto ai più importanti obblighi di guerra. Le nozze erano fissate. Ognuno di loro aveva una qualche ragazza da sposare, anche se non era una sposa che si conveniva alla sua posizione, ma una qualsiasi, una di quelle che, a quei tempi, spesso ci volavano incontro da luoghi sconosciuti, per motivi imperscrutabili, simili a falene che nelle notti d'estate, dalle finestre aperte, vengono a svolazzare sul tavolo, sul letto e sulla mensola del camino, fugaci, leggere, piene di dedizione, doni vellutati di una breve munifica notte. Ciascuno di noi, se solo fosse durata la pace, si sarebbe certamente opposto a un vincolo legale con una donna. Solo gli eredi al trono erano obbligati allora a contrarre legittimo matrimonio. I nostri padri a trent'anni erano già dignitosissimi capifamiglia, spesso con prole numerosa. Ma in noi, la generazione fin dalla nascita votata alla guerra, l'istinto di procreare si era visibilmente spento. Non avevamo nessuna voglia di perpetuarci. La morte incrociava le sue mani ossute non solo sopra i calici dai quali bevevamo, ma anche sopra i giacigli notturni nei quali facevamo l'amore. E dunque anche per questo le nostre donne erano allora così casuali. Non ci curavamo neanche molto del piacere che il piacere ci dava.

Ora però che la guerra all'improvviso ci chiamava al comando del distretto, non era il pensiero della morte che essa generava in noi per primo, ma quello dell'onore e del fratello suo, il rischio. Anche il sentimento dell'onore è un narcotico – e in noi addormentava la paura e tutti i cattivi presentimenti. Quando i malati gravi fanno testamento e mettono ordine nelle loro faccende terrene, può darsi che si sentano scorrere per le ossa un brivido di terrore. Ma noi eravamo giovani e sani in tutto il corpo! Non provavamo nessun terrore, nessun reale terrore, ci piaceva solo, ci lusingava, provocarlo in coloro che restavano a casa. Sì, per vanità facevamo testamento; per vanità contraevamo matrimoni sbrigativi, con una fretta che escludeva a priori una riflessione o magari un pentimento. Il matrimonio ci faceva apparire ancora più nobili di quanto già non lo fossimo col sacrificio del nostro sangue. Ci rendeva meno minacciosa e odiosa la morte che, certo, noi temevamo, ma che ci sembrava comunque preferibile a un legame per la vita. Ci tagliavamo per così dire la ritirata. E quel primo indimenticabile e impetuoso slancio con cui andammo alle prime infauste battaglie era sicuramente nutrito dalla paura di un ritorno alla ‘ vita domestica ’, dalla paura di mobili che diventano decrepiti, di donne che perdono ogni fascino, di figli che vengono al mondo deliziosi come angeli e finiscono per diventare creature estranee e ostili. No, tutto questo non lo volevamo. Il rischio era comunque inevitabile. Ma, per indorarcelo, ci ammogliavamo. E così eravamo premuniti nell'andargli incontro, quasi fosse una patria ancora sconosciuta che però già sorride benevola...

Eppure, sebbene sapessi di provare esattamente gli stessi sentimenti dei miei commilitoni, l'alfiere della riserva Bärenfels, il sottotenente Hartmann, il tenente Linck, il barone Lerch e l'allievo ufficiale dottor Librociner, tutti costoro qui elencati, nessuno escluso, messi a confronto col mio cugino Joseph Branco e col suo amico, il vetturino ebreo Manes Reisiger, mi sembravano superficiali, frivoli, poco camerateschi, ottusi e indegni sia della morte, alla quale stavano andando incontro, sia dei testamenti e dei matrimoni che erano in procinto di fare. Io ero affezionato al mio Ventunesimo cacciatori, questo è certo! Il vecchio imperial-regio esercito conosceva un suo particolare patriottismo, un patriottismo regionale, un patriottismo di reggimento e di battaglione. Col capoplotone Marek, il caporale Türling, l'appuntato Alois Huber ero, militarmente parlando, cresciuto insieme, prima durante il servizio di leva e poi durante le manovre annuali. E sotto le armi si cresce per così dire un'altra volta: come da bambini, per esempio, s'impara a camminare, così da soldati s'impara a marciare. Mai si dimenticano le reclute che insieme a noi hanno imparato nella stessa ora a marciare, né si dimenticano la pulitura del fucile, il maneggio delle armi, il modo di fare lo zaino e di piegare la coperta secondo il regolamento, il modo di avvolgere il mantello e di lucidare gli stivali, e il servizio di guardia, regolamento di servizio parte seconda, né le definizioni di subordinazione e disciplina, regolamento di servizio parte prima. Non si dimenticano mai, e nemmeno la

Wasserwiese su cui si è imparato a correre coi gomiti a terra e in autunno inoltrato gli esercizi di scioltezza nella nebbia grigia che avvolgeva gli alberi e trasformava ogni abete in una vedova livida, e la radura davanti ai nostri occhi dove fra breve, dopo la pausa delle dieci, sarebbero cominciate le manovre sul campo, idillici preannunci della guerra sanguinosa. No, queste cose non si dimenticano. La Wasserwiese del Ventunesimo era la mia patria.

Ma i miei commilitoni erano così allegri! Sedevamo insieme nella piccola osteria, che per la verità non era stata tale fin dall'inizio, cioè fin dalla nascita. Si era piuttosto trasformata in osteria, da comune negozio che era – nel quale si potevano comprare pistagnini, stellette, galloni per allievi ufficiali, rosette e stringhe da scarpe – nel corso dei lunghi, immemorabili anni durante i quali la nostra caserma, la caserma del Ventunesimo cacciatori, si era acclimatata nella zona. Le cosiddette ' passamanerie ' stavano ancora negli scaffali dietro al banco. Nella semioscurità della bottega si sentiva tuttora più l'odore delle scatole di cartone nelle quali erano riposte le stellette, di caucciù bianco e di seta dorata, e le rosette per funzionari del ministero e le dragone che sembravano mazzetti di minuta pioggerella d'oro, che non quello di sidro, grappa e *Gumpoldskirchner* stagionato. Davanti al banco erano disposti tre o quattro tavolinetti. Erano ancora di quando facevo l'allievo ufficiale. I tavolini li avevamo comprati noi a quell'epoca, e la licenza per gli alcolici il proprietario della bottega, il passamanaio Zinker, l'aveva ottenuta unicamente grazie all'intercessione del comandante del nostro battaglione, il maggiore Pauli. I civili non potevano bere dal negoziante di passamani! La licenza riguardava esclusivamente i militari.

Ed eccoci seduti daccapo insieme nella bottega, come una volta, quando facevo l'allievo ufficiale. E proprio la spensieratezza con la quale ora i miei commilitoni plaudivano alla vittoria imminente, né più né meno come anni prima avevano brindato al prossimo esame per passare ufficiali, mi offendeva profondamente. Allora doveva esser stato molto forte in me il presentimento profetico, la sensazione che questi miei commilitoni fossero indubbiamente in grado di farsi onore a un esame, non però in una guerra. Erano venuti su troppo viziati nella Vienna incessantemente nutrita dai paesi della Corona, figli inermi, quasi ridicolmente inermi, dell'infiacchita e fin troppo cantata città capitale e residenza imperiale, che simile a uno splendido ragno ammaliatore se ne stava nel bel mezzo della rete giallonera e incessantemente succhiava forza e sostanza e splendore dai circostanti paesi della Corona. Delle tasse che pagava il mio povero cugino, il caldarrostaio Joseph Branco Trotta di Sipolje, delle tasse che pagava il vetturino ebreo Manes Reisiger di Zlotogrod, che conduceva un'esistenza miserabile, vivevano le superbe case sul *Ring*, che appartenevano alla famiglia ebrea Todesco a cui era stato conferito il titolo baronale, e gli edifici pubblici, il Parlamento, il Palazzo di Giustizia, l'Università, l'Istituto di Credito Fondiario, il Burgtheater, la Hofoper e finanche la direzione di polizia. La variopinta allegrezza della città capitale e residenza imperiale si nutriva molto chiaramente – mio padre l'aveva detto tante volte – del tragico amore dei paesi della Corona per l'Austria: tragico, perché eternamente non ricambiato. Gli zigani della puszta, gli huculi subcarpatici, i vetturini ebrei della

Galizia, i miei parenti stessi, i caldarrostai sloveni di Sipolje, i piantatori di tabacco svevi della Bácska, gli allevatori di cavalli della steppa, i *sibersna* osmanici, quelli della Bosnia-Erzegovina, i mercanti di cavalli della Hanà in Moravia, i tessitori dei Monti Metalliferi, i mugnai e i mercanti di corallo della Podolia, tutti costoro erano i munifici sostentatori dell'Austria; quanto più poveri, tanto più munifici. Tanta pena c'era voluta, tanto dolore, spontaneamente offerti quasi fosse cosa naturale, perché il centro della monarchia avesse fama nel mondo di patria del bel garbo, della letizia, della genialità. La grazia di cui godevamo cresceva e fioriva, ma il suo terreno era ingrassato dal dolore e dal lutto.

Mentre sedevamo così tutti insieme, pensavo a Manes Reisiger e a Joseph Branco. Quei due di sicuro non volevano andare a morire con così bel garbo, di una morte così garbata, come i miei compagni di battaglione. E nemmeno io, nemmeno io! Forse in quel momento ero l'unico a sentire l'oscura oppressione del tempo avvenire, a differenza e dunque al contrario dei miei commilitoni. Per questo, allora, mi alzai all'improvviso e dissi con mia stessa grande meraviglia: « Miei compagni! Io vi ho tutti molto cari, così come dev'essere fra commilitoni, sempre, ma in particolare un'ora prima della morte ». A questo punto non potei proseguire. Il cuore mi si arrestò, la lingua mi venne meno. Mi ricordai di mio padre – e che Dio mi perdoni il peccato! – mentii. Attribuii falsamente al mio defunto padre qualcosa che proprio non aveva mai detto, che però poteva proprio aver detto. Così proseguii: « Uno degli ultimi desideri di mio padre fu che nel caso di una guerra, che egli sicuramente aveva previsto nel prossimo futuro, io non partissi con voi, col nostro amato Ventunesimo, ma con un reggimento in cui milita mio cugino Joseph Branco ».

Tacquero tutti. Mai in vita mia avevo sentito un silenzio simile. Era come se li avessi derubati di tutta la loro spensierata gioia per la guerra; un guastafeste: uno che guastava la festa della guerra.

Ebbi la chiara sensazione che qui non avevo più nulla da cercare. Mi alzai e detti la mano a tutti. Ancora oggi sento le mani fredde, deluse dei miei compagni del Ventunesimo. Ero molto addolorato. Ma io volevo morire insieme con Joseph Branco, con mio cugino Joseph Branco, il caldarrostaio, e con Manes Reisiger, il vetturino di Zlotogrod, e non con dei ballerini di valzer.

Così per la prima volta perdevo la mia prima patria, il Ventunesimo, insieme con la nostra amata ' Wasserwiese ' al Prater.

XVI

Ora dovevo far visita all'amico di Chojnicki, il tenente colonnello Stellmacher del ministero della guerra. Il mio trasferimento al Trentacinquesimo della territoriale non doveva prendere più tempo dei preparativi per il mio matrimonio. Ero contento di dover compiere quasi contemporaneamente due passi diversi e anche scombussolanti. L'uno, in certo modo, accelerava l'altro. Ambedue mi stordivano, né più né meno, impedendomi comunque anche di giustificare la mia fretta con argomenti persuasivi. In quei momenti non sapevo nient'altro se non, appunto, che ' tutto deve andare alla svelta '. E nemmeno volevo sapere esattamente perché e a quali scopi. Ma profondo in me già stillava, come una pioggia sottile che si percepisce nel sonno, il presentimento che i miei amici Joseph Branco e Reisiger stessero chissà dove percorrendo verso occidente le fangose strade maestre della Galizia orientale, inseguiti dai cosacchi. Chissà, forse erano già feriti, o morti? E sia, allora volevo almeno onorare la loro memoria in questo modo, prestando servizio nel loro reggimento. Ero giovane, e anche della guerra noi non sapevamo proprio niente! Com'era facile soggiacere all'idea che a me spettasse il compito di raccontare ai bravi ragazzi del Trentacinquesimo aneddoti veri e anche un po' inventati sui loro compagni morti, Trotta e Reisiger, perché mai e poi mai ci si dimenticasse di loro. Bravi poveri contadini prestavano servizio nel Trentacinquesimo, furieri dal tedesco burocratico sovrapposto alle loro materne lingue slave come lo sono i gradi ai risvolti, i galloni giallo-oro sul minuscolo fondo verde scuro – e gli ufficiali non erano i figli viziati della nostra allegra società viennese, bensì figli di artigiani, portalettere, gendarmi e osti e affittuari e tabaccai. Per me allora essere accolto fra loro aveva più o meno lo stesso significato che poteva avere per uno di essi un trasferimento al Nono dragoni di Chojnicki. Era senza dubbio una di quelle idee che sprezzantemente si definiscono ' romantiche '. Eppure, lungi dal vergognarmene, ancora oggi insisto a dire che questo periodo della mia vita, il periodo delle idee romantiche, mi ha avvicinato alla realtà più delle rare non romantiche che ho dovuto forzatamente impormi: ma come sono assurde queste definizioni che ci hanno tramandato! Ammettiamole pure – ebbene: io credo di aver sempre osservato che il cosiddetto uomo realistico se ne sta impenetrabile su questo mondo come un muro di cinta in calcestruzzo, e il cosiddetto romantico è invece come un giardino aperto, in cui la verità entra ed esce a piacimento...

Dovevo andare dunque dal tenente colonnello Stellmacher. Nella nostra vecchia monarchia un trasferimento dalle varie armi alla territoriale, anche solo dai cacciatori alla fanteria, era una specie di affare di Stato, non più difficile ma più intricato dell'attribuzione di un comando di divisione. Pure esistevano nel mio mondo scomparso, nella vecchia monarchia appunto, le preziose, meravigliose, leggi non scritte, non note, non accessibili ma ben familiari agli iniziati, più ferree e più eterne di quelle scritte, che al proposito stabilivano che su cento postulanti solo sette, ben determinati, dovessero vedere opportunamente esauditi i loro desideri, alla svelta e in silenzio. I barbari della giustizia assoluta, lo so, se ne indignano ancora oggi. Ci biasimano, ci dànno degli aristocratici e degli esteti, tuttora; eppure a ogni istante io vedo coi miei occhi come essi, i non-aristocratici e anti-esteti, abbiano spianato la strada ai barbari dell'ingiustizia ottusa, plebea, loro fratelli. Esiste anche una semenza di denti di drago della giustizia assoluta.

Ma, come ho detto, non avevo allora né voglia, né agio di riflettere. Andai da Stellmacher dritto per il corridoio dove aspettavano capitani, maggiori, colonnelli, dritto per quella porta su cui era scritto: vietato l'ingresso – io, un misero alfiere dei cacciatori. « *Servus!* » disse Stellmacher che sedeva chino sulle carte, prima ancora di avermi visto. Sapeva benissimo con quanta familiarità si devono salutare le persone che sono passate da un ingresso vietato. Vidi i suoi capelli grigi, ispidi come setole, la fronte giallognola percorsa da mille rughe, i minuscoli occhi infossati che sembrava non avessero palpebre, le guance magre ossute e i grandi mustacchi spioventi tinti di nero, un po' alla saracena, in cui Stellmacher sembrava aver riposto tutta la sua vanità, quasi perché essa non lo molestasse più in altro modo (né nella vita privata, né nella professione). L'ultima volta l'avevo visto alla pasticceria Dehmel, alle cinque del pomeriggio, insieme al consigliere Sorgsam della Ballhausplatz. Ancora non avevamo la più pallida idea della guerra; maggio, il maggio viennese, nuotava nelle piccole ' Coppe oro ' dal bordo d'argento, si librava sul tavolino, sui sottili bastoncini di cioccolata ripieni, sui pasticcini rosa e verdi alla crema che rammentavano strane gemme commestibili, e il consigliere Sorgsam disse, nel bel mezzo di quel maggio: « Non ci sarà guerra, signori miei! ». – Il tenente colonnello Stellmacher alzava ora lo sguardo svagato dalle sue carte; non vide nemmeno la mia faccia, notò solo uniforme, dragona, sciabola, abbastanza per ripetere: « *Servus!* » e subito dopo: « Siediti, un momento! ». Infine mi guardò con attenzione: « Che eleganza! » e « Quasi quasi non ti riconoscevo! Si capisce, in borghese hai l'aria un tantino rammollita! ». Ma non era la voce sonora, profonda di Stellmacher che io conoscevo da anni – e anche il suo motteggio era forzato. Mai prima d'ora era uscita dalla bocca di Stellmacher una parola frivola. Si sarebbe impigliata nei folti e lucidi cespugli dei mustacchi tinti di nero per perdervisi senza suono.

Io esposi alla svelta il mio caso. Cercai anche di spiegare perché volevo andare nel Trentacinquesimo. « Ammesso che tu li trovi! » disse Stellmacher. « Brutte notizie! Due reggimenti quasi sterminati, ritirata catastrofica. I nostri signori ' idioti in capo ' ci hanno preparato come si deve. Benissimo! Vai pure, guarda se lo trovi il tuo Trentacinquesimo, e comprati due stellette. Sarai trasferito come sottotenente. *Servus!* In libertà! ». Mi allungò la mano al disopra della scrivania. I suoi occhi chiari, quasi senza palpebre, dei quali non si sarebbe detto che mai soggiacessero a sonno, sopore, stanchezza, mi guardavano distanti, estranei, da una vitrea lontananza, per niente tristi, no, più che tristi, disperati. La sua grande dentatura falsa scintillò doppiamente bianca sotto i mustacchi saraceni. « Scrivimi una cartolina! » disse e si chinò daccapo sulle carte.

XVII

I parroci lavoravano in quei giorni con lo stesso ritmo veloce dei panettieri, dei fabbricanti d'armi, delle direzioni ferroviarie, dei cappellai e sarti militari. Dovevamo sposarci nella chiesa di Döbling, dove era ancora vivo colui che aveva battezzato la mia sposa, e mio suocero era sentimentale come la maggior parte dei fornitori dell'esercito. Il mio regalo fu in realtà il regalo di mia madre. Non mi era neppure passato per la testa che i regali di nozze fossero assolutamente necessari. Quando arrivai per il pranzo – anche le polpette con le prugne me le ero già dimenticate –, mia madre era seduta a tavola. Come di consueto le baciai la mano e lei mi baciò sulla fronte. Al domestico detti l'incarico di procurarmi da Urban, nel Tuchlauben, mostrine verde scuro e stellette da sottotenente. « Sei trasferito? » chiese mia madre. « Sì, mamma, al Trentacinquesimo! ». « Dove sono? ». « Nella Galizia orientale ». « Parti domani? ». « Dopodomani! ». « Domani c'è il matrimonio? ». « Sì, mamma! ».

Era uso di casa nostra lodare i cibi mentre si mangiava, anche se erano mal riusciti, e non parlare d'altro. E la lode non doveva essere nemmeno banale, anzi piuttosto audace e ripescata da lontano. Così dissi per esempio che la carne mi ricordava una certa carne che dovevo aver mangiato sei o otto anni fa, anche allora di martedì, e che la borraggine, oggi come allora, si sposava benissimo col bollito. Davanti alle polpette con le prugne finsi di restare senza parole: « Per favore, le stesse per quando sarò di ritorno » dissi a Jacques. « Ai suoi ordini, signorino! » disse il vecchio. Mia madre si alzò, prima ancora del caffè: un gesto insolito. Portò dal suo salottino due astucci di marocchino rosso scuro che spesso avevo visto, ammirato e sul cui contenuto non avevo mai osato far domande. A dire il vero mi avevano sempre incuriosito, ma al tempo stesso ero stato anche felice di avere, a un passo da me, due segreti inaccessibili. Ora finalmente mi sarebbero stati svelati. L'uno, l'astuccio più piccolo, conteneva il ritratto in smalto di mio padre, incorniciato da un sottile filo d'oro. I suoi grandi baffi, i suoi occhi neri, ardenti, quasi fanatici, la pesante cravatta con le pieghe abbondanti e accurate intorno al colletto duro troppo alto, me lo rendevano estraneo. Doveva essere stato così prima della mia nascita. Così era vivo, caro e familiare per mia madre. Io sono biondo, con gli occhi azzurri, i miei occhi sono sempre stati piuttosto scettici, tristi, riflessivi, mai creduli e fanatici. Ma mia madre disse: « Tu sei proprio come lui, portati via il ritratto! ». Ringraziai e lo riposi. Mia madre era una donna intelligente, perspicace. Ora mi fu chiaro che non mi aveva mai guardato bene. Non v'era dubbio che mi amasse di un amore sollecito. Amava il figlio di suo marito, non la sua creatura.

Era una donna. Io ero l'erede dell'uomo amato; fatalmente disceso dai lombi di lui; dal suo grembo solo per caso.

Aprì il secondo astuccio. Su un velluto bianchissimo era posata una grossa ametista viola a taglio esagonale con una catenella d'oro finemente lavorata al cui confronto la pietra sembrava troppo importante, prepotente quasi. Pareva che invece di essere lei appesa alla catenella, se ne fosse impadronita e la costringesse alla sua compagnia, una schiava debole, devota. « Per la tua sposa! » disse mia madre. « Portagliela oggi! ». Baciai la mano di mia madre e misi anche questo astuccio nella tasca.

In quel momento il nostro domestico annunciò una visita, mio suocero e Elisabeth. « Nel salone! » ordinò mia madre. « Lo specchio! ». Jacques le portò lo specchietto ovale. Si guardò il viso per un bel po', senza fare un gesto. Sì, le donne del suo tempo non avevano ancora bisogno di aggiustarsi con belletto, cipria, pettini o anche semplicemente con le sole dita, vestito, viso, capelli. Era come se mia madre comandasse disciplina e distinzione ai capelli, alla faccia, al vestito, soltanto con lo sguardo col quale ora esaminava la sua immagine riflessa. Senza che avesse mosso una mano, sparì d'un tratto qualsiasi familiarità, intimità, e io stesso mi sentii pressappoco come un ospite in casa di una vecchia signora sconosciuta. « Vieni! » disse. « Dammi il bastone! ». Il bastone, d'ebano sottile con il pomo d'argento, era appoggiato alla sedia. Non le serviva come sostegno, ma come insegna della sua dignità.

Mio suocero in finanziera, più armato che provvisto di guanti, Elisabeth in abito grigio-argento molto accollato, una croce di diamanti sul petto, più alta del solito e pallida come il fermaglio d'argento opaco sul suo fianco sinistro, stavano tutti e due in piedi diritti, irrigiditi quasi, quando noi entrammo. Il suocero s'inchinò, Elisabeth accennò una mezza riverenza. Io la baciai tranquillamente. La guerra mi dispensava da ogni superfluo obbligo di natura cerimoniale. « Perdoni l'invadenza! » disse mio suocero. « È una visita gradita! » corresse mia madre. Nel frattempo guardava Elisabeth. In un paio di settimane sarei stato di nuovo a casa, scherzò mio suocero. Mia madre sedeva eretta, come dentro una corazza, su una smilza, dura, sedia rococò. « Le persone » disse « sanno qualche volta quando partono. Non sanno mai quando ritornano ». E guardava nel frattempo Elisabeth. Fece portare nel salone caffè, liquori e cognac. Non accennò un istante a un sorriso. A un certo punto fissò lo sguardo sulla tasca della mia giacca, dove custodivo l'astuccio con l'ametista. Capii. Senza far parola, misi la catenina al collo di Elisabeth. La pietra pendeva sopra la croce. Elisabeth sorrise, si avvicinò allo specchio e mia madre le fece un cenno d'approvazione con la testa; Elisabeth si tolse la croce. L'ametista mandava violenti bagliori violetti sul vestito grigio-argento. Ricordava sangue gelato su un terreno ghiacciato. Io distolsi lo sguardo.

Ci alzammo. La mamma abbracciò Elisabeth senza baciarla. « Tu vai con i signori! » mi ordinò. « Vieni stasera! » aggiunse. « Voglio sapere l'ora delle nozze. C'è la tinca, in bianco! ». Fece un cenno con la mano, come le regine fanno col ventaglio. E sparì.

Giù in macchina, mio suocero viaggiava in macchina (mi disse la marca, e io non la tenni a mente), appresi che nella chiesa di Döbling era tutto pronto. L'ora, probabilmente le dieci di mattina, non era ancora fissata. I nostri testimoni erano Zelinsky e

Heidegger. Cerimonia semplice. « Semplicità militare » disse mio suocero.

La sera, mentre mangiavamo pian piano e con cautela la tinca in bianco, mia madre, certo per la prima volta dacché era padrona in casa sua, prese a parlare durante il pasto dei cosiddetti argomenti seri. Io avevo appena cominciato a lodare la tinca. Lei mi interruppe. « Forse stiamo insieme per l'ultima volta! » disse. Nient'altro. « Stasera esci a salutare, vero? ». « Sì, mamma! ». « A domani, arrivederci! ». L'accompagnai alla porta. Se ne andò, senza voltarsi indietro.

Andai così a salutare. O meglio: mi misi a girare la città per salutare. Qua e là soltanto incontrai un conoscente. La gente per le strade lanciava di tanto in tanto grida incomprensibili. Mi ci volevano alcuni minuti prima di afferrarne il senso, e le grida si erano già perse. Si sentiva suonare ora la marcia di Radetzky, ora la marcia dei Gran Maestri dell'Ordine teutonico e *Salute a te, Austria mia!*. Erano orchestre di zigani, orchestre degli *Heurigen*, in locali frequentati da piccoli borghesi. Si beveva birra. Quando entravo, si alzavano un paio di sottufficiali e anche i civili mi facevano un cenno coi boccali di birra. Avevo l'impressione di essere l'unico sobrio in quella grande città, e perciò anche estraneo ad essa. Sì, la città che mi era familiare mi si sottraeva, si allontanava da me ogni istante di più, e strade e vicoli e giardini, per quanto fossero così affollati e rumorosi, mi parvero già morti, così come li avrei visti più tardi, dopo la guerra e dopo il nostro ritorno. Vagai fino all'alba, presi una stanza al vecchio Bristol, dormii un paio d'ore sfinito, eccitato e in continua lotta con pensieri, progetti, ricordi, dopo di che andai al ministero della guerra, ebbi buone notizie, mi feci portare in carrozza alla nostra caserma e mi accomiatai dal maggiore Pauli, il comandante del nostro battaglione, ricevetti una ‘ disposizione di servizio ’ – già mi chiamavo sottotenente Trotta – che mi avviava a raggiungere il Trentacinquesimo, mi affrettai verso Döbling, seppi che mi sarei sposato alle dieci e mezzo, andai da mia madre e glielo comunicai, poi da Elisabeth.

Demmo a intendere che Elisabeth mi avrebbe accompagnato per un tratto. Mia madre mi baciò come di consueto sulla fronte, salì sul fiacchere, severa, fredda e svelta, nonostante l'abituale lentezza dei suoi modi. Era una carrozza chiusa. Prima ancora che si mettesse in movimento, potei notare che tirava in fretta e furia la tendina dietro il piccolo finestrino della carrozza. E seppi allora che lei dentro, nella penombra del coupé, cominciava a piangere. Mio suocero ci baciò tutti e due, allegro e spensierato. Aveva pronte centinaia di frasi superflue, che uscirono flaccide dalla sua bocca e si dispersero alla svelta, come odori. Lo abbandonammo un po' bruscamente. « Vi lascio soli! » ci gridò dietro.

Elisabeth non mi accompagnò all'est. Andammo invece a Baden. Sedici ore avevamo davanti a noi, sedici lunghe, piene, intense, brevi, fugaci ore.

XVIII

Sedici ore! Da più di tre anni amavo Elisabeth, ma i passati tre anni mi sembravano brevi al confronto delle sedici ore, benché dovesse essere il contrario. L'illecito ha vita corta, il lecito è a priori già di per sé duraturo. E poi Elisabeth mi pareva all'improvviso, non ancora mutata in verità, ma già sulla via di un certo mutamento. E io pensai a mio suocero e trovai anche qualche somiglianza fra lei e lui. Qualche suo particolarissimo gesto delle mani era palesemente ereditato dal padre, echi lontani e ingentiliti della mimica paterna. Un certo suo comportamento durante il viaggio verso Baden, nella ferrovia suburbana, quasi mi offese. Così per esempio, neanche dieci minuti dopo che il treno si era messo in moto, tirò fuori un libro dalla valigietta. Era accanto all'astuccio da toeletta, sopra la biancheria – io pensai alla camicia da sposa – e già il fatto che un libro qualsiasi potesse stare sopra una veste pressoché sacramentale mi parve indecoroso. Per di più era una raccolta di bozzetti di uno di quegli umoristi tedeschi del nord che a quell'epoca, insieme con la nostra Fedeltà Nibelungica, con l'Associazione Scolastica Tedesca, con i docenti universitari di Pomerania, Danzica, Meclemburgo e Königsberg, portavano a spasso per Vienna la loro giovialità dalle nebbie, cominciando a diffondere il loro gusto piuttosto greve. Elisabeth di tanto in tanto alzava gli occhi dal libro, mi dava un'occhiata, guardava un po' fuori dal finestrino, soffocava uno sbadiglio e continuava a leggere. Aveva anche un modo di accavallare le gambe che francamente mi sembrava indecente. Le chiesi se il libro le piaceva. « Spiritosissimo! » sentenziò senza esitare. Mi porse il libro perché giudicassi io stesso. Cominciai a leggere una delle stolide storie verso la metà, dove si parlava dell'aureo umorismo di Augusto il Forte e della sua relazione con una impertinente dama di corte. I due aggettivi, per la mia sensibilità del tutto sintomatici delle anime prussiane e sassoni non appena godono il loro riposo domenicale, mi bastarono. Dissi: « Sì, aureo e impertinente! ». Elisabeth sorrise e continuò a leggere. Andammo all'albergo del Leon d'oro. Il nostro vecchio domestico, l'unico che sapesse del nostro progetto di Baden, ci aspettava. Mi confessò subito che l'aveva svelato a mia madre. Se ne stava là, alla stazione terminale, con in mano il mezzo cilindro che doveva avere ereditato da mio padre, e porse a mia moglie un mazzo di rose rosse. Teneva la testa china, sul suo cranio lucido il sole si specchiava come un piccolo astro, un granello d'argento. Elisabeth stava zitta. Trovasse almeno una parola! – pensai. Niente. La muta cerimonia durò un'eternità. Le nostre due valigiette erano sul marciapiede. Elisabeth stringeva le rose al seno insieme alla borsetta. Il vecchio chiese in che cosa poteva ancora servirci. Doveva presentarci anche i saluti affettuosi di mia madre. La mia valigia, la mia seconda uniforme, la mia biancheria erano già in albergo. « Ti ringrazio! » dissi. Notai come Elisabeth si tenesse un po' in disparte. Questo scansarsi, anzi questo distacco, mi irritò. Dissi: « Accompagnaci all'albergo! Vorrei parlare ancora con te! ». « Ai suoi comandi! » egli disse, prese le valigiette e ci seguì.

« Vorrei parlare ancora col vecchio! » dissi a Elisabeth. « Ci vediamo fra mezz'ora! ».

Andai con Jacques al caffè. Teneva il mezzo cilindro sulle ginocchia, glielo presi con cautela e lo posai sulla seggiola accanto. Da quegli occhi di vecchio, lontani, celestini e un po' umidi mi fluiva incontro tutta la tenerezza di Jacques, e io sentii come se mia madre avesse riposto nei suoi occhi un ultimo messaggio materno per me. Le sue mani gottose (era tanto che non le vedevo nude, ma sempre in guanti bianchi) tremavano nel sollevare la tazzina di caffè. Erano vecchie buone mani di domestico. Perché non le avevo mai osservate? C'erano dei noduletti azzurrognoli sulle nocche contorte, le unghie erano piatte, mozze, con tante piccole crepe, l'osso del polso, spostato di lato, sembrava tollerare di malavoglia l'orlo rigido del polsino fuori moda e innumerevoli venuzze celestine, simili a fiumi minuscoli, si aprivano un cammino faticoso sotto la pelle screpolata del dorso della mano.

Eravamo seduti nel giardino del caffè Astoria. Una foglia dorata di castagno, appassita, scese volteggiando lentamente sulla testa calva di Jacques, che non la sentì, la sua pelle era diventata appunto vecchia e insensibile, e io lasciai la foglia dov'era. « Quanti anni hai? » chiesi. « Settantotto, signorino! » rispose e io vidi un unico grosso dente giallo sotto i suoi folti baffi di neve. « In fondo, dovrei partire io per la guerra, non i giovani! » proseguì.

« Nel '66 c'ero anch'io, contro i prussiani, col Quindicesimo ». « Dove sei nato? » chiesi. « A Sipolje! » disse Jacques. « Conosci i Trotta? ». « Come no, tutti, tutti! ». « Parli ancora lo sloveno? ».« L'ho scordato, signorino! ».

« Fra mezz'ora! » avevo detto a Elisabeth. Non mi decidevo a guardare l'orologio. Di sicuro doveva essere già trascorsa più di un'ora, ma dei vecchi occhi pallidi di Jacques, nei quali albergava il suo affanno e quello di mia madre, non potevo fare a meno. Era come se dovessi porre riparo, nello spazio di un'ora, ai miei ventitré anni vissuti con leggerezza e senza amore, e invece di cominciare, come si dice di solito per uno sposo novello, una nuova vita, mi industriassi piuttosto di correggere quella passata. Più di tutto avrei voluto ricominciare dalla nascita. Mi era chiaro che avevo trascurato ciò che è più importante. Troppo tardi. Ero davanti alla morte e davanti all'amore. Per un istante – lo confesso – pensai perfino a una turpe, vergognosa manovra. Potevo mandare un messaggio a Elisabeth che dovevo partire subito per il fronte, così, senza tante complicazioni. Potevo anche dirglielo, abbracciarla, fingere sconforto, disperazione. Fu solo il turbamento di un breve attimo. L'avevo superato subito. Lasciai l'Astoria. Fedele, mezzo passo indietro a me, veniva Jacques.

Quasi davanti all'entrata dell'albergo, proprio quando pensavo di voltarmi per congedarmi definitivamente da Jacques, lo sentii rantolare. Feci appena in tempo a voltarmi e ad allargare le braccia. Il vecchio si afflosciò sulle mie spalle. Il suo mezzo cilindro rotolò giù sul selciato. Il portiere uscì fuori. Jacques era svenuto. Lo portammo nell'atrio. Mandai a chiamare il medico e corsi su a informare Elisabeth.

Era ancora tutta assorta nel suo umorista, beveva tè e s'infilava nella boccuccia rossa delle fettine di pane tostato con la marmellata. Posò il libro sul tavolo e tese le braccia. « Jacques, » cominciai « Jacques... » e mi bloccai. Non volevo pronunciare la parola terribilmente definitiva. Ma sulla bocca di Elisabeth guizzava un sorriso voglioso, incurante e lieto che in quel momento credetti di poter scacciare solo con una parola macabra – e così dissi: « Muore! ». Lei lasciò cadere le braccia protese e rispose soltanto: « È vecchio! ».

Mi vennero a chiamare, il medico era arrivato. Il vecchio era già nella sua camera, sul letto. Gli avevano sfilato la camicia inamidata. Era appesa sopra la sua finanziera nera come una lustra corazza di tela. Gli stivali lucidati stavano come sentinelle ai piedi del letto. I calzini di lana, più volte rammendati, giacevano flosci accanto agli stivali. Tanto rimane di un uomo semplice. Un paio di bottoni d'ottone sul comodino, un colletto, una cravatta, stivali, calzini, finanziera, pantaloni, camicia. I vecchi piedi con le dita contorte spuntavano da sotto l'orlo inferiore della coperta. « Colpo apoplettico! » disse il dottore. Era stato appena richiamato, maggiore medico, già in uniforme. La mattina doveva presentarsi all'ospedale dei Gran Maestri dell'Ordine teutonico. La nostra reciproca presentazione, secondo il regolamento militare, accanto a questo moribondo aveva più o meno l'aria di una messa in scena teatrale a Wiener Neustadt. Tutti e due ne provammo vergogna. « Muore? » chiesi. « È tuo padre? » chiese il maggiore medico. « Il nostro domestico! » dissi. Avrei preferito dire: mio padre. Il dottore sembrò averlo notato. « Muore, probabilmente » disse. « Stanotte? ». Alzò le braccia con gesto interrogativo.

La sera era scesa di colpo. Si dovette far luce. Il dottore iniettò a Jacques un cardiotonico, scrisse delle ricette, mandò in farmacia. Sgusciai via dalla stanza. Così quatto quatto se ne va un traditore, pensai. Quatto quatto salii anche la scala per andare da Elisabeth, come se temessi di svegliare qualcuno. La camera di Elisabeth era chiusa a chiave. La mia era contigua. Bussai. Tentai di aprire. Aveva chiuso a chiave anche la porta di comunicazione. Riflettei se usare o no la violenza. Ma nel momento stesso già seppi che non ci amavamo. Avevo due morti: il primo era il mio amore. Lo seppellii sulla soglia della porta fra le nostre due stanze. Poi scesi al piano di sotto per veder morire Jacques.

Il buon dottore era ancora là. Si era slacciato la sciabola e sbottonato il giubbotto. C'era odore di aceto, etere, canfora nella stanza e attraverso le finestre aperte veniva il profumo umido, appassito della sera d'autunno. Il maggiore medico disse: « Io resto qui » – e mi strinse la mano. Mandai a mia madre un telegramma per annunciarle che dovevo trattenere il nostro domestico fino alla mia partenza. Mangiammo prosciutto, formaggio, mele. Bevemmo due bottiglie di Nussdorfer.

Il vecchio era là disteso, livido, il suo respiro attraversava la camera come una sega rugginosa. Di tanto in tanto il suo busto si rizzava, le sue mani contorte si aggrappavano alla trapunta rosso scuro. Il dottore inumidiva un asciugamano, ci spruzzava dell'aceto e lo posava sulla testa del moribondo. Due volte salii la scala per andare da Elisabeth. La prima volta tutto rimase tranquillo. La seconda volta la sentii singhiozzare forte. Bussai con più energia. « Lasciami stare! » gridò. La sua voce trapassò la porta chiusa come un coltello.

Dovevano essere all'incirca le tre di mattina, io sedevo rannicchiato accanto al letto di Jacques, il dottore in maniche di camicia dormiva appoggiato alla scrivania con la testa fra le braccia. A un tratto Jacques si sollevò tendendo le mani, spalancò gli occhi e balbettò qualcosa. Il dottore si svegliò subito e si avvicinò al letto. Ora sentivo la vecchia, limpida voce di Jacques: « Per favore, signorino, faccia dire alla signora che io ritorno domani mattina ». Ricadde sui cuscini. Il suo respiro si acquietò. I suoi occhi restarono fissi e spalancati, era come se non avessero più bisogno di palpebre. « Adesso muore » disse il dottore, proprio quando io ero deciso a salire daccapo da Elisabeth.

Aspettai. La morte sembrava accostarsi al vecchio solo con estremo riguardo, maternamente, un vero angelo. Verso le quattro di mattina il vento sospinse una foglia di castagno secca e gialla attraverso la finestra aperta. Io la raccolsi e la posai sulla coperta di Jacques. Il dottore mi mise un braccio intorno alle spalle, si chinò poi sul vecchio, ascoltò, gli prese la mano e disse: « È finita! ». Mi inginocchiai e mi feci il segno della croce, per la prima volta dopo tanti, tanti anni.

Neanche due minuti dopo bussarono. Il portiere di notte mi portava una lettera. « Da parte della signora! » disse. La busta era mezzo aperta, si aprì quasi da sé. Era solo un rigo: « Addio! Vado a casa. Elisabeth ». Porsi il biglietto al dottore sconosciuto. Lo lesse, mi guardò e disse: « Capisco! ». E dopo un po': « Sistemo tutto io, con l'albergo, la sepoltura e la signora mamma. Tanto per ora resto a Vienna. Tu, dove vai oggi?». « All'est ». « *Servus!* ».

Non ho mai più rivisto il dottore. Non l'ho nemmeno mai dimenticato. Si chiamava Grünhut.

XIX

Partii per la guerra come ' isolato '. La lettera di mia moglie nel primo accesso di indignazione, di vanità ferita, di desiderio di vendetta, di odio forse – o che so io – l'avevo appallottolata e infilata nella tasca dei pantaloni. Ora la tirai fuori, la lisciai e rilessi un'altra volta quell'unico rigo. Mi resi conto che avevo fatto del male a Elisabeth. Qualche secondo dopo mi parve anzi di averle fatto molto male. Decisi di scriverle una lettera, mi misi anche a tirar fuori la carta dalla valigia, ma quando questa fu disfatta – a quel tempo si andava ancora in guerra con sottomani di pelle –, dal foglio azzurrino intatto mi venne incontro, per così dire, la mia stessa indignazione. Era come se il foglio intatto dovesse in realtà contenere tutto ciò che avevo ancora da dire a Elisabeth, e io lo dovessi spedire così come era, bello liscio e pulito. Ci scrissi solo il mio nome. Lo imbucai alla più vicina stazione ferroviaria. Ancora una volta appallottolai il biglietto di Elisabeth. Ancora una volta lo infilai in tasca appallottolato.

Secondo la ‘ disposizione di servizio ’ emessa dal ministero della guerra, firmata da Stellmacher, io ero avviato al reggimento della milizia territoriale numero 35, cioè direttamente al reggimento e non già al comando del distretto militare, che a seguito degli eventi bellici era stato spostato dalla zona di pericolo nell’interno. Ero dunque davanti al compito abbastanza complicato di scovare in qualche luogo il mio reggimento, che doveva trovarsi, in continua ritirata, in chissà quale villaggio, foresta, o cittadina, in breve, in una ‘ posizione ’; in altre parole ciò voleva dire che un isolato errabondo, doveva imbattersi in un’unità in fuga, pure errabonda. Qualcosa del genere, di sicuro, non l’avevamo mai imparato alle manovre.

Fu un bene che io dovessi essere assorbito innanzi tutto da questo pensiero. Mi ci rifugiai anzi. Così non dovevo più pensare a mia madre, a mia moglie, al nostro domestico morto. Il mio treno si fermava quasi ogni mezz’ora in non so quali minuscole stazioni di nessuna importanza. Viaggiammo, un tenente e io, in uno stretto scompartimento, una scatoletta di fiammiferi per così dire, per circa diciotto ore finché raggiungemmo Kamionka. Da lì in poi le normali linee ferroviarie erano distrutte. Solo una ferrovia provvisoria a scartamento ridotto, con tre minuscoli vagoncini merci scoperti, portava al più vicino comando di tappa, che era in grado di indicare agli ‘ isolati’, quantunque senza garanzie, la momentanea posizione dei singoli reggimenti. Il trenino avanzava lentamente. Il macchinista suonava senza posa, perché schiere di feriti, a piedi e su carri di contadini, ci venivano incontro per l’angusta via. Io sono – lo scoprii allora – abbastanza indifferente ai cosiddetti orrori. Per esempio, provai meno sgomento alla vista dei feriti che giacevano su una barella, probabilmente perché avevano perso le gambe o i piedi, che non alla vista di quei soldati che soli, senza appoggio, venivano avanti barcollando, che avevano solo una lieve ferita di striscio e dalle cui fasciature candide il sangue continuava a filtrare. E con tutto ciò, ai lati della ferrovia a scartamento ridotto, nei grandi prati, già pallidi per l'autunno, stridevano i grilli tardivi, che una ingannevole tiepida sera di settembre aveva indotti a credere che fosse ancora, o di nuovo, estate.

Al comando di tappa incontrai per caso il cappellano militare del Trentacinquesimo. Era un uomo di Dio, corpacciuto e soddisfatto di sé, in una stretta, tesa e lustra veste sacerdotale. Si era perso durante la ritirata insieme col suo servitore, il cocchiere, il cavallo e il carriaggio, protetto da una tenda, dove egli nascondeva altare e paramenti per la messa, ma anche una gran quantità di pollame, bottiglie di grappa, fieno per il cavallo e altri prodotti requisiti ai contadini. Mi salutò come un amico che non si vede da tempo. Sembrava temere nuove peregrinazioni e perciò non poteva nemmeno decidersi a sacrificare il suo pollame al comando di tappa, dove già da dieci giorni ci si nutriva esclusivamente di conserve e patate. Il cappellano militare non vi era particolarmente amato. Ma egli si rifiutava di mettersi in cammino alla cieca o fidando soltanto in qualche probabilità, finché io, col pensiero fisso a mio cugino Joseph Branco e al vetturino Manes Reisiger, preferii qualche probabilità all'attesa. Il nostro Trentacinquesimo, così diceva la vaga informazione, doveva trovarsi tre chilometri a nord di Brzezany. Mi misi allora in cammino col cappellano militare, il suo carro, il suo pollame, senza una mappa, munito semplicemente di uno schizzo fatto a mano.

Finalmente trovammo il Trentacinquesimo, non però a nord di Brzezany, bensì solo nel borgo di Strumilce. Mi presentai al colonnello. La mia nomina a sottotenente era già in possesso dell'aiutante maggiore. Chiesi di vedere i miei amici. Vennero. Chiesi se potevano essere assegnati al mio plotone. Ma come vennero! Li aspettavo nell'ufficio del sottufficiale furiere Cenower, ma a loro non avevano detto che ero stato io a farli venire. Sulle prime non mi riconobbero affatto. Ma bastò un momento e già Manes Reisiger mi buttava le braccia al collo, dimentico di tutte le norme militari, mentre mio cugino Joseph Branco se ne stava ancora là dritto, irrigidito sull'attenti, per stupore e disciplina. Era uno sloveno, per l'appunto. Manes Reisiger invece era un noncurante vetturino ebreo dell'est, non certo un fanatico del regolamento di servizio. La sua barba non era che un insieme di grovigli ispidi e selvaggi, e l'uomo non aveva l'aria d'essere in uniforme ma in maschera. Baciai uno dei grovigli della sua barba e poi mi rivolsi anche a Joseph Branco per abbracciarlo. Io stesso, anch'io, dimenticai che ero soldato. Il mio unico pensiero era la guerra e gridai forse dieci volte di seguito: « Siete vivi, siete vivi!... ». Ma Joseph Branco notò subito il mio anello matrimoniale e accennò muto al mio dito. « Sì, » dissi « mi sono sposato ». Sentii, vidi che volevano saperne di più del mio matrimonio e di mia moglie, così uscii con loro sulla minuscola piazza circolare intorno alla chiesa di Strumilce. Ma non parlai affatto di Elisabeth, finché d'un tratto mi venne in mente – e come poteva essermi sfuggito! –, che nel portafoglio conservavo una sua fotografia. Era indubbiamente la cosa più semplice, mostrare ai miei amici la fotografia mi risparmiava ogni discorso. Tirai fuori il portafoglio, cercai, la fotografia non c'era. Cominciai a pensare dove potevo averla persa o dimenticata e d'un tratto credetti di ricordarmi che l'avevo lasciata da mia madre, a casa. Mi colse un incomprensibile, anzi assurdo spavento, come se avessi strappato o bruciato la fotografia di Elisabeth. « Non trovo la fotografia » dissi ai miei due amici. Invece di rispondere mio cugino Joseph Branco tirò fuori dalla tasca il ritratto della sua donna e me lo porse. Era una bella donna, di forme superbe, in costume sloveno, una coroncina di monete sui capelli lisci spartiti dalla divisa e una catena delle stesse monete girata tre volte intorno al collo. Le sue braccia forti erano nude, le mani puntate sui fianchi. « Questa è la madre di mio figlio, è un maschio! » disse Joseph Branco. « Sei sposato? » chiese Manes, il vetturino. « Quando finisce la guerra la sposerò, nostro figlio si chiama Branco, come me, ha dieci anni. È dal nonno. Sa intagliare delle pipe meravigliose ».

XX

Nei giorni seguenti, che ci stavano davanti enormi e gravidi di pericoli, tetri e solenni e misteriosi e sconosciuti, secondo le previsioni non c'erano da aspettarsi battaglie, ma solo ritirate. Neanche due giorni dopo da Strumilce arrivammo nel villaggio di Jeziory e dopo altri tre giorni nella cittadina di Pogrody. L'esercito russo ci inseguiva. Ci ritirammo fino a Krasne-Busk. Probabilmente a causa di un ordine che non era arrivato a tempo, restammo qui più a lungo di quanto fosse nelle intenzioni della seconda armata. Così una mattina presto ci sorpresero i russi. E noi non facemmo più in tempo a trincerarci. Questa fu la storica battaglia di Krasne-Busk nella quale fu annientato un terzo del nostro reggimento e un altro terzo cadde in mano al nemico.

Anche noi, Joseph Branco, Manes Reisiger e io, fummo presi prigionieri. Così, ingloriosamente, finì la nostra prima battaglia.

A questo punto sentirei un bisogno impellente di

riferire sui particolari sentimenti che agitano un prigioniero di guerra. Ma so bene quale grande indifferenza incontra oggigiorno un racconto del genere. Accetto di buon grado il destino di essere un dimenticato, ma non quello di diventare il narratore del dimenticato. A stento ancora mi si capirebbe se per esempio al giorno d'oggi mi arrischiassi a parlare della libertà, dell'onore, figuriamoci poi della prigionia. In questi anni è meglio tacere. Io scrivo unicamente allo scopo di chiarirmi a me stesso; e anche *pro nomine Dei*, per così dire. Che Dio mi perdoni!

Bene, eravamo dunque prigionieri di guerra, tutto il nostro plotone. Con me restarono Joseph Branco e Manes Reisiger. Eravamo prigionieri insieme. « Per noi la guerra è finita » diceva Manes Reisiger. « Non sono mai stato prigioniero, » aggiungeva qualche volta « e nemmeno voi due. Ma so che ci aspetta la vita e non la morte. Ve ne ricorderete tutti e due, quando ritorneremo. Se solo sapessi che cosa fa il mio Ephraim. La guerra durerà molto. Anche mio figlio verrà richiamato. Tenetelo in mente! Manes Reisiger di Zlotogrod, un vetturino qualsiasi, ve l'ha detto! ». A questo punto faceva schioccare la lingua. Sembrava lo schiocco di una frusta. Le settimane che seguirono restò quieto e muto.

La sera del due ottobre dovevamo essere separati. Si aveva l'intenzione, com'era consuetudine allora, e cosa naturale, di separare gli ufficiali prigionieri dalla truppa. Noi saremmo rimasti all'interno del territorio russo, mentre gli uomini della truppa dovevano essere mandati molto più lontano. Si parlava della Siberia. Io feci istanza per la Siberia. Fino a oggi non so ancora, né lo voglio sapere, in che modo Manes Reisiger sia riuscito allora a portarsi dietro anche me in Siberia. Mai finora, credo, un uomo è stato così felice come me per essere riuscito con l'astuzia e la corruzione a ottenere degli svantaggi. Ma in realtà fu opera di Manes Reisiger. Fin dal primo momento della nostra prigionia aveva assunto il comando di noi tutti, del nostro plotone. Che cosa non s'impara dai cavalli, sempreché ci sia la grazia di Dio, quando si è un vetturino! anzi un vetturino ebreo di Zlotogrod...

Delle vie traverse e diritte per le quali arrivammo in Siberia non sto a raccontare. Vie diritte e traverse s'intendono da sé. Dopo sei mesi eravamo a Wiatka.

XXI

Wiatka è nell'interno della Siberia, sul fiume Lena. Il viaggio durò circa sei mesi. I giorni li avevamo scordati durante questo lungo itinerario, si susseguivano innumerevoli e senza fine. Chi conta i coralli di una collana a sei fili? Sei mesi circa durò il nostro trasporto. In settembre era cominciata la nostra prigionia, quando arrivammo era marzo. Nell'Augarten, a Vienna, i cespugli di citiso dovevano già essere in fiore. Presto cominciava a profumare l'oleandro. Qui poderosi lastroni di ghiaccio andavano alla deriva sul fiume, anche nei punti più larghi si poteva traversarlo senza bagnarsi i piedi. Durante il trasporto tre del nostro plotone erano morti di tifo. Quattordici avevano cercato di fuggire, sei della nostra scorta avevano disertato con loro. Il giovane sottotenente dei cosacchi che comandava il convoglio nell'ultima tappa ci fece aspettare a Tschirein: doveva catturare sia i fuggiaschi che i disertori. Si chiamava Andrej Maximowitsch Krassin. Giocava a carte con me, mentre le sue pattuglie perlustravano la zona alla ricerca degli scomparsi. Parlavamo francese. Beveva il samognoka, che gli portavano gli scarsi coloni russi della zona, dalla sua fiaschetta a forma di zucca, e mostrava fiducia e riconoscenza per ogni occhiata benevola di cui lo gratificavo. Mi piaceva il suo modo di ridere, i forti denti smaglianti sotto i corti baffi neri come il carbone e gli occhi che erano solo scintille quando li socchiudeva. Era un maestro della risata. Si poteva dirgli, per esempio: « Rida un pochettino, per favore! », e all'istante la sua risata risonava fragorosa, generosa, magnanima. Un giorno le pattuglie riuscirono a scovare i fuggitivi. Per essere esatti, quel che restava dei fuggitivi, otto su venti. Gli altri sicuramente erano sperduti o nascosti da qualche parte o periti chissà dove. Andrej Maximowitsch Krassin stava giocando con me a tarocchi nella baracca della stazione. Lasciò che la scorta e i prigionieri si avvicinassero a noi, fece venire per loro tè e grappa e comandò a me, giacché ero in balìa dei suoi comandi, di dettare le punizioni, sia per quelli del mio plotone che per i due disertori russi riacciuffati. Gli dissi che non conoscevo il regolamento di servizio del suo esercito. Prima mi pregò, poi minacciò, alla fine io dissi: « Siccome non so quali pene si dovrebbero infliggere secondo le loro leggi, dispongo che tutti rimangano impuniti ».

Posò la sua pistola sul tavolo e disse: « Lei è complice del complotto. Io l'arresto, la faccio mettere agli arresti, signor tenente! ». « Non vogliamo finire la partita? » gli chiesi, e allungai la mano per prendere le mie carte. « Certamente! » disse, e continuammo a giocare mentre i soldati ci facevano cerchio intorno, la scorta e gli austriaci. Perse. Mi sarebbe stato agevole farlo vincere, però temevo che potesse accorgersene. Infantile com'era, il sospetto gli procurava un piacere ancora maggiore del riso, e in qualsiasi momento egli era pronto ad adombrarsi. Così lasciai che perdesse. Aggrottò le sopracciglia e dette un'occhiata al sottufficiale che comandava la scorta, quasi che un attimo dopo volesse far fucilare tutti e otto gli uomini. Gli dissi: « Rida un pochettino! ». Scoppiò in una risata generosa, magnanima, che mise in mostra tutta la sua smagliante dentatura. Dentro di me ero ormai certo di aver salvato quegli otto.

Rise per due minuti buoni, d'un tratto diventò serio, com'era sua abitudine e ordinò al sottufficiale: « Manette per tutti e otto! Ritiratevi! Darò poi disposizioni ». Poi, dopo che gli uomini ebbero lasciato la baracca, cominciò a mescolare le carte. « Rivincita! » disse. Facemmo un'altra partita. Perse un'altra volta. A quel punto rimise la pistola nella fondina, si alzò, disse: « Vengo subito! » e sparì. Io restai a sedere, si accesero le due lampade a petrolio, i cosiddetti *Rundbrenner*. L'ostessa polacca si avvicinò barcollando con un altro bicchiere di tè in mano. Nel tè appena fatto nuotava ancora la vecchia fettina di limone. L'ostessa era larga come una nave. Aveva però il sorriso di un bambino buono, era familiare e materna. Allorché feci per levare dal bicchiere la vecchia brutta fetta di limone, fu lesta a cacciarci dentro due grasse amorevoli dita e ripescò il limone. La ringraziai con lo sguardo.

Bevvi il tè bollente a piccoli sorsi. Il tenente Andrej Maximowitsch non ricompariva. Il tempo passava e io dovevo ritornare dalla mia gente, al campo. Andai fuori, sul terrazzino, e gridai un paio di volte il suo nome. Finalmente mi rispose. Era una notte gelida, così fredda che da principio pensai che perfino un grido appena uscito di bocca si sarebbe congelato e non avrebbe così mai raggiunto la persona a cui era diretto. Alzai gli occhi al cielo. Sembrava che le stelle d'argento non fossero nate da lui, ma piuttosto che fossero state conficcate, chiodi lucenti, nella sua volta. Un vento impetuoso da est, il tiranno fra i venti della Siberia, mi mozzava il fiato in gola, levava al cuore la forza di battere, agli occhi la facoltà di vedere. La risposta del sottotenente al mio grido, recatami dal pur maligno vento, mi pareva come il confortante messaggio di un essere umano inteso per la prima volta dopo tanto tempo, benché la mia attesa là fuori, nella notte nemica, non fosse durata più di un paio di minuti. Ma quanto poco confortante fu questo messaggio umano!

Ritornai nella baracca. Era rimasta accesa una sola lampada. Non rischiarava la stanza, semmai rendeva la sua oscurità ancora più fitta. Era quasi il minuscolo nucleo luminoso di una pesante oscurità circolare. Mi sedetti accanto alla lampada. A un tratto un paio di spari mi fecero sobbalzare. Corsi fuori. L'eco degli spari non si era ancora spento. Sembravano rintronare ancora sotto l'immenso gelido cielo. Stetti in ascolto. Nulla dava più segno di vita, eccezion fatta per l'incessante vento gelido. Non potevo più sopportarlo e tornai nella baracca.

Qualche momento dopo arrivò il sottotenente, pallido, nonostante il freddo teneva il berretto in mano, la pistola spuntava dalla fondina semiaperta.

Si sedette immediatamente, aveva il respiro pesante, si sbottonò il colletto del giubbotto e mi guardò fisso, quasi non mi conoscesse, quasi mi avesse dimenticato e facesse ogni sforzo possibile per darmi un'identità. Con la manica spazzò via le carte dal tavolo. Bevve dalla fiasca un'abbondante sorsata, chinò la testa e a un tratto disse tutto d'un fiato: « Ne ho colpito solo uno ». « Si vede che ha preso male la mira » dissi. Ma avevo frainteso.

« Ho preso male la mira. Li avevo fatti mettere in fila. Volevo solo spaventarli, e ho sparato qualche colpo in aria. All'ultimo colpo è stato come se qualcuno mi costringesse ad abbassare il braccio. È bastato un attimo, il colpo è partito, non so come. L'uomo è morto. La mia gente non mi capisce più ».

L'uomo fu seppellito quella notte stessa. Il sottotenente fece sparare una salva d'onore. Da quel momento non rise più. Meditava su qualcosa che sembrava non dargli tregua.

Percorremmo ancora circa dieci verste sotto il suo comando. Due giorni prima che un nuovo comandante ci prendesse in consegna, mi fece salire sulla sua slitta e disse: « Questa slitta appartiene a lei e ai suoi due amici. L'ebreo è un vetturino. Saprà cavarsela. Questa è la mia mappa. Ho segnato il punto dove dovrà smontare. Qualcuno l'attenderà. È un mio amico. Fidatissimo. Nessuno vi cercherà. Vi farò passare tutti e tre per fuggiaschi. Vi giustizierò e vi seppellirò ». Mi strinse la mano e scese.

La notte partimmo. Erano un paio d'ore di strada. L'uomo aspettava. Sentimmo subito che da lui eravamo al sicuro Cominciavamo una nuova vita.

XXII

Il nostro ospite era uno dei polacchi di Siberia là domiciliati da più generazioni. Di professione mercante di pellicce. Viveva solo, con un cane di razza indefinibile, due fucili da caccia, un gran numero di pipe da lui stesso intagliate, in due stanze spaziose in cui erano ammucchiate misere pellicce. Si chiamava Baranovitsch, Jan di nome. Non parlava quasi mai. Una gran barba nera lo obbligava alla riservatezza. Ci faceva sbrigare lavori d'ogni genere, riparare lo steccato, spaccare la legna, ungere le stanghe della slitta, scarnire le pelli. Imparammo delle cose utili. Ma dopo una settimana avevamo già capito che ci faceva lavorare per un certo riguardo e anche perché, in quella solitudine, non ci venisse magari in mente di attaccare briga con lui o fra di noi. Aveva ragione. Intagliava pipe e bastoni nel legno duro, resistente, della macchia che cresce nella zona e che lui, non so più perché, chiamava *nastorka*. Tutte le settimane rinnovava la pipa. Non lo sentii mai dire un motto scherzoso. Qualche volta si sfilava un attimo la pipa di bocca per fare un sorrisetto a uno di noi. Ogni due mesi circa veniva un uomo dalla borgata più vicina e portava un vecchio giornale russo. Baranovitsch non gli dava neanche un'occhiata. Io invece vi apprendevo molte cose, ma sulla guerra, certo, non ci poteva informare. Una volta lessi che i cosacchi erano entrati in Slesia. Mio cugino Joseph Branco ci credette, Manes Reisiger no. Cominciarono a litigare. Era la prima volta che se la prendevano l'uno con l'altro. Alla lunga anche loro erano stati colti da quella follia che la solitudine deve per forza generare. A un certo punto Joseph Branco, più giovane e impetuoso, afferrò Reisiger per la barba. In quel momento io stavo lavando i piatti in cucina. Quando li sentii litigare entrai nella stanza coi piatti in mano. I miei amici né mi sentirono, né mi videro. Per la prima volta, sebbene fossi spaventato per la violenza dei miei allora amati compari, mi colpì anche un'idea improvvisa; posso ben dire che mi colpì, dal di fuori quasi: l'idea cioè che io non ero più uno di loro. Stavo davanti a loro come un arbitro impotente, non più come il loro amico, e sebbene vedessi chiaramente che erano vittime della follia del deserto, pure pensavo che io ne sarei stato sicuramente immune. M'invase un'astiosa indifferenza. Ritornai in cucina a lavare i piatti. Facevano il diavolo a quattro. Ma quasi non volessi disturbarli nella loro pazza disputa, come quando per esempio si cerca di non svegliare persone che ci dormono accanto, posavo un piatto sopra l'altro con una cautela finora mai usata, perché non si sentisse l'acciottolio. Quando ebbi finito il mio lavoro, mi sedetti sullo sgabello di cucina e restai tranquillamente ad aspettare.

E infatti dopo un bel po' vennero fuori, fecero la

loro comparsa uno dietro l'altro. Nemmeno ora mi degnarono di uno sguardo. Sembrava che ambedue, e ciascuno per proprio conto, giacché fra loro erano nemici, volessero dimostrarmi il loro disprezzo per non essermi immischiato nella loro disputa. Ambedue si misero a fare un qualche lavoro superfluo. L'uno affilava i coltelli, ma non aveva affatto l'aria minacciosa. L'altro andò a prendere la neve con un paiolo, accese il fuoco nel focolare, ci buttò dei pezzettini di legno, mise il paiolo sul focolare e prese a fissare ostinatamente la fiamma. Si diffuse una tiepida calma. Il calore irradiava la finestra di fronte, i cristalli di ghiaccio sui vetri si facevano ora rossastri, ora azzurri o violetti, a seconda del riflesso del fuoco. Le gocce d'acqua ghiacciata sul pavimento, subito sotto la finestra, cominciarono a sciogliersi.

Penetrava la sera, l'acqua gorgogliava nel paiolo. Poco dopo Baranovitsch ritornò da una di quelle camminate che era solito fare in certi giorni, non si sapeva per quali motivi. Entrò, il cappotto in mano, i guanti a sacco infilati nella cintura. (Aveva l'abitudine di spogliarsi davanti alla porta, come per usare una gentilezza). Ci dette la mano uno per uno con l'usuale saluto: « Che Dio ci conservi ». Poi si levò il berretto di pelliccia e si fece il segno della croce. Andò nel tinello.

Più tardi mangiammo, come al solito, tutti e quattro insieme. Nessuno aprì bocca. Si sentiva il tocco del pendolo dell'orologio a cucù, che faceva pensare a un uccello di terre lontane smarritosi per caso. Ci si meravigliava che non si fosse congelato. Baranovitsch, che era abituato alle nostre chiacchiere di ogni sera, scrutava di soppiatto le nostre facce. Finalmente si alzò, all'improvviso, non così adagio come al solito e, quasi scontento del fatto che oggi l'avessimo deluso, disse: « Buona notte! » e andò nell'altra stanza. Io sparecchiai la tavola, spensi il lume a petrolio. La notte risplendeva attraverso i vetri ghiacciati. Ci coricammo. « Buona notte! » dissi, come sempre. Nessuno rispose.

La mattina, mentre preparavo i fuscelli per accendere il samovar, Baranovitsch venne in cucina. Cominciò a parlare con inattesa rapidità: « E così si sono azzuffati » disse. « Ho visto le contusioni e il loro silenzio parlava chiaro. Io non posso più tenerli qui. In questa casa ci dev'essere pace. Già un paio di volte ho avuto degli ospiti. Sono rimasti tutti finché sono stati in pace, non un minuto di più. Non ho mai chiesto a nessuno chi era, da dove veniva. Poteva anche essere un assassino. Per me era un ospite. Io seguo il proverbio: chi ha in casa un ospite, ha in casa il Signore. Il tenente che ti ha mandato qui mi conosce da diverso tempo. Anche lui una volta l'ho dovuto cacciare di casa, in seguito a una rissa. Lui non se la prende a male. Te, vorrei tenerti. Sono sicuro che non ti sei azzuffato. Ma gli altri ti denunzierebbero. Perciò devi andare con loro ». Tacque. Io gettavo i fuscelli infocati nel fornello del samovar e ci appoggiavo sopra un po' di carta di giornale perché non si spegnessero. Quando l'acqua nel samovar cominciò a levare il bollore, Baranovitsch riprese: « Fuggire non potete. Uno che se ne vada in giro in questa zona, di questa stagione, non resta vivo a lungo. Perciò non vi resta che andare a Wiatka. A Wiatka... » ripeté, esitò e aggiunse: « al campo. Probabilmente vi daranno una punizione, severa, mite, o magari non vi puniranno affatto. Là c'è un grande disordine, lo zar è lontano, le sue leggi sono confuse. Presentatevi al maresciallo Kumin. È più potente del comandante del campo. Vi do delle sigarette, del tè e della mahorca, dàlle a lui. Rammenta: Kumin». L'acqua bolliva, io misi il tè nella teiera, ci versai sopra l'acqua e la posai sul fornello del samovar. – Per l'ultima volta! – pensai. Il campo non mi faceva paura. Era la guerra, tutti i prigionieri dovevano finire in un campo. Ma ora sapevo che Baranovitsch era un padre, la sua casa era la mia patria, il suo pane il pane della mia patria. Il giorno prima avevo perduto i miei migliori amici. Oggi perdevo una patria. Per la prima volta perdevo una patria. A quell'epoca non sapevo ancora che la patria non l'avevo persa per l'ultima volta. Quelli come noi sono segnati.

Quando entrai nel tinello col tè, Reisiger e Joseph Branco erano già seduti a tavola, l'uno di fronte all'altro. Baranovitsch era appoggiato alla porta che conduceva nella stanza accanto. Non si sedette, nemmeno quando riempii il suo bicchiere. Tagliai io stesso il pane e lo distribuii. Egli si avvicinò alla tavola, bevve il suo tè in piedi, in piedi mangiò il suo pane. Poi disse: « Amici miei, ho detto al vostro tenente perché non posso più tenervi qui. Prendete la vostra slitta, prendete un paio di pelli da mettervi sotto la giacca, vi terranno caldo. Io vi accompagno fino al posto dove vi venni incontro ».

Manes Reisiger uscì, sentii che portava la slitta sulla neve scricchiolante del cortile. Joseph Branco non aveva afferrato subito la situazione. « Alzarsi, far fagotto! » dissi. Per la prima volta fu penoso per me il dover dare ordini.

Quando fummo pronti e ormai seduti stretti l'uno all'altro nella piccola slitta, Baranovitsch mi disse: « Scendi, ho dimenticato ancora qualcosa ». Rientrammo in casa. Per l'ultima volta abbracciai con sguardi furtivi, vanamente celati, perché Baranovitsch li notò benissimo, cucina, tinello, finestre, coltelli, stoviglie, il cane alla catena, i due fucili, le pelli accatastate. « Prendi » disse, e mi dette una rivoltella. « I tuoi amici vorranno... » non finì la frase. Misi la pistola in tasca. « Kumin non ti perquisirà. Ricordati di dargli il tè e la mahorca ». Volevo dirgli grazie. Ma come sarebbe sonato misero un grazie a quel punto! Un grazie dalla mia bocca! Mi venne in mente quante volte nella vita avevo pronunciato con leggerezza la parola grazie. L'avevo addirittura profanata. Come sarebbe sonata vuota alle orecchie di Baranovitsch la mia futile espressione di riconoscenza! E perfino la mia stretta di mano sarebbe stata un gesto di poco peso – d'altronde si era messo i guanti a sacco. Solo quando fummo sul posto dove una volta ci era venuto incontro, si sfilò il guanto, ci strinse la mano, disse il suo solito « Che Dio ci conservi! » e gridò al Bigio un energico « Arrì! », come se temesse che restassimo lì. Ci voltò le spalle. Nevicava. Scomparve con la rapidità di un fantasma nel denso biancore.

Andammo al campo. Kumin non chiese nulla. Prese tè e mahorca e non chiese nulla. Ci separò. Io fui alloggiato nella baracca degli ufficiali. Manes e Joseph Branco li vedevo due volte alla settimana, quando facevamo esercitazioni. Fra loro non si degnavano di uno sguardo. Se qualche volta mi avvicinavo a uno di loro per offrirgli un po' del mio scarso tabacco, mi dicevano sia l'uno che l'altro, ossequiosi e in tedesco: « Grazie, obbligatissimo, signor tenente ». « Stai bene? ». « Benissimo! ». Un giorno, quando fu fatto l'appello in cortile, risultarono assenti tutti e due. Nella baracca, trovai la sera un biglietto appuntato con uno spillo sul cuscino. C'era scritto, di mano di Joseph Branco: « Ce ne siamo andati. Siamo diretti a Vienna ».

XXIII

Li ritrovai davvero a Vienna, soltanto quattro anni dopo.

La vigilia di Natale del 1918 ritornai a casa. Segnava le undici l'orologio della Stazione Ovest. Percorsi la Mariahilferstrasse. Una pioggia granulosa, neve mancata e sorella stentata della grandine, cadeva a strisce oblique dal cielo ostile. Il mio berretto era nudo, gli avevano staccato la rosetta. Il mio colletto era nudo, gli avevano staccato le stellette. Io stesso ero nudo. Le pietre erano nude, i muri e i tetti. Nudi erano i radi lampioni. La pioggia granulosa batteva sul loro vetro opaco come se il cielo gettasse manciate di ghiaia contro povere grosse biglie. I mantelli delle sentinelle davanti agli edifici pubblici ondeggiavano al vento e le falde si gonfiavano, nonostante l'umidità. Le baionette inastate non sembravano affatto reali, i fucili pendevano mezzo di traverso dalle spalle dei soldati. Era come se volessero mettersi a dormire, i fucili, stanchi come noi di quattro anni di sparatorie. Non ero affatto sorpreso che i soldati non mi facessero il saluto, il mio berretto nudo, il colletto nudo del mio giubbotto non imponevano obblighi a nessuno. Non mi ribellavo. Era solo doloroso. Era la fine. Pensai al vecchio sogno di mio padre, quello di una triplice monarchia, e che egli mi aveva destinato a realizzare un giorno il suo sogno. Mio padre era sepolto nel cimitero di Hietzing e l'imperatore Francesco Giuseppe, del quale egli era stato fedele disertore, nella Cripta dei Cappuccini. Io ero l'erede, e la pioggia granulosa cadeva su di me, e io emigravo nella casa di mio padre e di mia madre. Feci una deviazione. Passai dalla Cripta dei Cappuccini. Anche lì davanti una sentinella andava su e giù. Che cosa doveva sorvegliare ancora? I sarcofaghi? La memoria? La storia? Io, un erede, restai qualche momento fermo davanti alla chiesa. La sentinella non si curò di me. Mi levai il berretto. Poi proseguii verso la casa paterna, di casa in casa. Viveva ancora mia madre? Durante il viaggio le avevo annunciato due volte il mio arrivo. Affrettai il passo. Viveva ancora mia madre? Ero davanti alla nostra casa. Suonai. Passò del tempo. La nostra vecchia portiera aprì il portone. « Signora Fanny! » gridai. Mi riconobbe subito alla voce. La candela ondeggiò, la mano ebbe un tremito. « È atteso, noi l'attendevamo, signorino. È più di una notte che non dormiamo noi due, nemmeno la signora su ». In effetti era vestita come in passato l'avevo vista solo la domenica mattina, mai di sera dopo l'ora di chiusura. Feci gli scalini a due a due.

Mia madre stava in piedi accanto alla sua vecchia poltrona a braccioli, col suo vestito nero accollato, i capelli d'argento pettinati alti sulla fronte. Dietro, sopra le due trecce avvolte, spuntava il largo bordo arcuato del pettine, grigio come i capelli. Intorno al colletto e alle strette maniche giravano le familiari, sottili orlature bianche. Levò in aria il vecchio bastone con l'impugnatura d'argento – un'invocazione – verso il cielo lo sollevò, come se il suo braccio non fosse lungo abbastanza per un grazie così immenso. Non si mosse, mi aspettava, e la sua immobilità mi parve quasi un incedere. Si chinò su di me. Non mi baciò neppure sulla fronte. Mi sollevò il mento con due dita, di modo che io alzassi il viso, e per la prima volta vidi che era tanto più alta di me. Mi fissò a lungo. Poi accadde qualcosa di inverosimile, anzi d'inquietante, d'incomprensibile per me, quasi soprannaturale: mia madre mi prese la mano, si piegò un poco e la baciò due volte. Sconcertato mi levai in fretta il cappotto. « Anche la giacca, » disse « è tutta bagnata! ». Mi levai anche il giubbotto. Mia madre si accorse che la manica destra della mia camicia aveva un lungo strappo. « Togliti la camicia, te la rammendo » disse. « No, » supplicai « non è pulita ». Mai e poi mai avrei potuto dire in casa nostra che qualcosa era sudicio o sporco. Come aveva fatto presto a rinascere questo linguaggio rituale! Ora ero davvero a casa.

Non dicevo nulla, guardavo solo mia madre e mangiavo e bevevo quello che aveva preparato per me, procurandoselo certamente con mille astuzie. Tutte cose che allora non c'erano per nessuno a Vienna: mandorle salate, vero pane di frumento, due stecche di cioccolata, una boccetta di cognac e vero caffè. Si sedette al pianoforte. Era aperto. Doveva averlo lasciato così da alcuni giorni, dal giorno in cui le avevo annunciato il mio arrivo. Probabilmente voleva sonarmi Chopin. Sapeva che la mia predilezione per lui era una delle poche passioni che avevo ereditato da mio padre. Dalle grosse candele gialle mezzo consumate nei candelieri di bronzo del pianoforte mi accorsi che per anni mia madre non aveva più toccato i tasti. In genere era solita sonare ogni sera, e solo di sera e solo al lume di candela. Erano ancora le buone candele d'altri tempi, grosse e quasi sugose, durante la guerra di sicuro non ce n'erano più state come queste. Mia madre mi chiese i fiammiferi. Era una brutta scatola tozza, stava sulla mensola del caminetto. Scura e volgare com'era, là accanto alla piccola pendola col delicato volto di fanciulla, era estranea a quell'ambiente, un'intrusa. Erano zolfanelli, bisognava aspettare che la loro fiammella azzurra si mutasse in una fiammella sana, normale. Anche il loro odore era un intruso. Nel nostro salone era sempre regnato un profumo ben preciso, misto dell'alito di lontane violette, già prossime a sfiorire, e dell'aroma acre di caffè forte, appena fatto. Che c'entrava lo zolfo?

Mia madre posò le care vecchie mani bianche sui tasti. Io mi chinavo accanto a lei. Le sue dita scivolarono sui tasti, ma dallo strumento non venne alcun suono. Era ammutolito, morto. Non capivo, doveva essere uno strano fenomeno; di fisica non sapevo nulla. Premetti io stesso alcuni tasti. Non risposero. Era qualcosa di spettrale. Incuriosito alzai il coperchio del pianoforte. Lo strumento era vuoto: mancavano le corde. « Ma è vuoto, mamma! » dissi. Lei chinò la testa. « Me n'ero completamente dimenticata » cominciò con un filo di voce. « Un paio di giorni dopo la tua partenza mi venne una strana idea. Volevo costringermi a non sonare. Ho fatto levare le corde. Non so che cosa mi sia passato per la testa, allora. Davvero non lo so più. Fu un momento di smarrimento. Forse addirittura un disturbo mentale. Mi è tornato alla memoria solo ora ».

La mamma mi guardava. C'erano lacrime nei suoi occhi, quel genere di lacrime che non riescono a scorrere e che sono come acque stagnanti. Buttai le braccia al collo della vecchia signora. Lei mi accarezzava la testa. « Guarda qui quanta fuliggine hai ancora fra i capelli » disse. Lo ripeté un paio di volte di seguito. « Guarda qui quanta fuliggine hai ancora fra i capelli! Va' a lavarti! ».

« Prima di coricarmi » pregai. « Non voglio andare a letto ancora » dissi, come un tempo da bambino. E: « Lasciami stare un altro po' qui, mamma! ».

Ci sedemmo al piccolo tavolino davanti al caminetto. « Nel rassettare ho trovato le tue sigarette, due scatole di Egiziane, quelle che tu fumavi sempre. Le ho avvolte in fogli di carta assorbente umida. Sono ancora freschissime. Vuoi fumare? Sono sulla finestra ».

Sì, erano le vecchie confezioni da cento! Esaminai le scatole per tutti i versi. Sul coperchio di una c'era scritto di mio pugno, ancora decifrabile, il nome: Friedl Reichner, Hohenstaufengasse. Mi rammentai subito: era il nome di una graziosa tabaccaia, dalla quale evidentemente avevo comprato quelle sigarette. La vecchia signora sorrise. « Chi è? » chiese. « Una deliziosa ragazza, mamma! Non sono mai più andato a trovarla ». « Ora sei diventato troppo vecchio » replicò « per sedurre delle tabaccaie. E d'altra parte queste sigarette non esistono più... ». Era la prima volta che sentivo mia madre azzardare qualcosa di simile a una battuta spiritosa.

Per un po' ci fu di nuovo silenzio. Poi mia madre chiese: « Hai molto sofferto, ragazzo? ». « Non molto, mamma ». « Avevi molta nostalgia della tua Elisabeth? ». (Non disse: di tua moglie, ma: della tua Elisabeth – e calcò la voce sul « tua »). « No, mamma! ». « L'ami ancora? ». « È passato troppo tempo, mamma! ». « Non chiedi di lei? ». « Stavo appunto per farlo! ». « L'ho vista di rado » disse mia madre. « Tuo suocero più spesso. L'ultima volta è stato qui due mesi fa. Molto afflitto e nondimeno pieno di speranze. Con la guerra ha fatto i soldi. Che tu eri prigioniero l'hanno saputo. Credo che avrebbero preferito vederti nella lista dei caduti o fra i dispersi. Elisabeth... ». « Posso immaginarmelo » la interruppi.

« No, non puoi immaginartelo » insistette mia madre. « Indovina che cosa si è messa a fare! ».

Sospettai il peggio, o quello che agli occhi di mia madre poteva essere il peggio.

« La ballerina? » chiesi.

Mia madre scosse seria la testa. Poi disse con aria triste, lugubre quasi: « No... fa dell'arte applicata. Sai che cos'è? Disegna – o forse intaglia addirittura – assurde collane e anelli, quegli aggeggi moderni, sai, tutti spigoli, e fermagli di legno d'abete. Credo anche che sappia fare tappeti di paglia. L'ultima volta che è stata qui, mi ha tenuto una conferenza, sull'arte africana credo, come un professore. Una volta poi, senza chiedere il permesso, mi ha portato un'amica. Era... » mia madre esitò un momento, infine si decise a dire « era una donnaccia, coi capelli corti ».

« Tutto ciò è così grave? » dissi.

« Peggio che grave, ragazzo! Quando di roba che non vale nulla si comincia a fare qualcosa che ha l'aria di valere molto! Dove andremo a finire? Gli africani portano addosso conchiglie, ma questo è tutto un altro discorso. Se si vuole imbrogliare, allora d'accordo. Ma per di più questa gente dell'imbroglio si fa anche un merito, figliolo! Capisci?

Non mi si vorrà dare a intendere che il cotone è tela di lino e che le corone d'alloro si fanno con le pigne ».

Mia madre pronunciò tutto il discorso molto lentamente, con la sua consueta voce pacata. Era rossa in viso.

« Avresti preferito una ballerina? ».

Mia madre rifletté un po', poi disse con mio immenso stupore:

« Certo, ragazzo! Non vorrei avere per figlia una ballerina, ma una ballerina è leale. E d'altra parte i costumi rilassati sono una cosa chiara. Non c'è inganno, non c'è imbroglio. Con una ballerina, penso, uno come te ha una relazione. Ma l'arte applicata, si tratta di sposarla. Non capisci, ragazzo? Quando ti sarai rimesso dalla guerra, vedrai coi tuoi occhi. In ogni caso, domani mattina devi andare a trovare la tua Elisabeth. E dove mai andrete ad abitare? E che ne sarà mai della vostra vita? Lei abita in casa di suo padre. A che ora vuoi essere svegliato domani? ».

« Non so, mamma! ».

« Io faccio colazione alle otto! » disse.

« Allora alle sette, mamma, per favore! ».

« Va' a dormire, ragazzo! Buona notte! ».

Io le baciai la mano, lei mi baciò sulla fronte. Sì, questa era mia madre! Era come se non fosse successo nulla, come se io non fossi appena tornato dalla guerra, come se il mondo non fosse un cumulo di macerie, come se la monarchia non fosse annientata e ancora esistesse la nostra vecchia patria con le sue molteplici, incomprensibili, ma immutabili leggi, i suoi usi, costumi, inclinazioni, abitudini, vizi e virtù. In casa di mia madre ci si alzava alle sette, anche se non si dormiva da quattro notti. Io ero arrivato verso mezzanotte. Ora il vecchio orologio del caminetto con lo stanco, delicato volto di fanciulla, batteva le tre. Tre ore di tenerezze bastavano a mia madre. Ma le bastavano? – Comunque non si concesse un quarto d'ora di più, mia madre aveva ragione; io mi addormentai subito con la confortante consapevolezza che ero a casa, nel bel mezzo di una patria distrutta mi addormentavo in una fortezza. La mia vecchia mamma, col suo vecchio bastone nero, teneva lontano il disordine.

XXIV

Non avevo ancora alcun timore della nuova vita che mi aspettava: come oggigiorno si dice, ancora non la ‘ realizzavo ’. Mi attaccavo invece ai piccoli obblighi che di ora in ora mi erano imposti: e assomigliavo pressappoco a un uomo che, posto dinanzi a una imponente scalinata che egli è costretto a salire, ritiene il primo gradino quello più pericoloso.

Non avevamo più un domestico, solo una donna di servizio. Il vecchio portinaio faceva per noi le veci del domestico. Verso le nove di mattina lo mandai da mia moglie con dei fiori e una lettera. Annunciavo la mia visita per le undici, come ritenevo che si convenisse. ‘ Feci toeletta ’, come ancora si usava dire ai miei tempi. I miei abiti civili erano intatti. M’incamminai a piedi. Arrivai alle undici meno un quarto e aspettai nel caffè di fronte. Alle undici, puntuale, suonai il campanello. « I signori non sono in casa! » mi fu detto. Fiori e lettera erano stati consegnati. Elisabeth aveva lasciato detto che potevo andare a trovarla subito al suo studio nella Wollzeile. Mi recai dunque nella Wollzeile.

Sì, Elisabeth era là. Sulla porta una piccola targa annunciava: *Atelier Elisabeth Trotta*. Arretrai spaventato davanti al mio nome.

« *Servus!* » disse mia moglie. E: « Lasciati guardare! ». Stavo per baciarle la mano, ma lei respinse il mio braccio e questo solo gesto bastò a farmi perdere la calma. Era la prima donna che respingeva il mio braccio, ed era mia moglie! Cominciai a sentire quel certo disagio che mi ha sempre assalito alla vista di anomalie e di macchine che compiano gesti umani: per esempio di pazzi o di donne senza l'addome. Eppure era Elisabeth. Portava una blusa verde accollata, con il colletto rovesciato e una lunga cravatta maschile. Il suo viso era ancora coperto dalla stessa tenera peluria, l'arco della nuca, quando chinava la testa, lo riconoscevo ancora, e il gioco nervoso delle dita forti, sottili sul tavolo. Stava, appoggiata allo schienale, su una sedia da ufficio di legno giallo limone. Tutto là era giallo limone, il tavolo e la cornice di un quadro e l'intelaiatura delle larghe finestre e il pavimento nudo. « Siediti pure sul tavolo! » disse. « Serviti di sigarette. Ancora non mi sono sistemata del tutto ». E mi raccontò che aveva fatto tutto da sé. « Con queste due mani » disse mostrando contemporaneamente tutte e due le sue belle mani. Entro quella stessa settimana poi sarebbero arrivati il resto della mobilia e una tenda arancione per le finestre, arancio e limone stavano bene insieme. Finalmente, quando ebbe terminato il suo resoconto – e parlava ancora con la sua solita voce un po' rauca che io avevo tanto amato! –, disse: « Che hai fatto tutto questo tempo? ». « Ho lasciato fare agli altri! » risposi. « Grazie per i fiori » disse. « Tu mandi fiori. Perché non hai telefonato? ». « Da noi non c'è il telefono! ». « Allora, racconta! » ordinò – e si accese una sigaretta. Fumava, come in seguito ho visto fare a molte donne, storcendo la bocca, la sigaretta da una parte, quando la faccia assume l'espressione caratteristica di quella malattia che dai medici viene definita *facies partialis*, e con una faticosa noncuranza. « Più tardi, Elisabeth » dissi. « Come vuoi! » rispose. « Da' un'occhiata alla mia cartella ». Mi mostrò i suoi schizzi. « Molto originali! » dissi. Progettava ogni sorta di cose: tappeti, scialli, cravatte, anelli, braccialetti, candelieri, paralumi. Tutto era ad angoli. « Capisci? » chiese. « No! ». « E come potresti! » disse. E mi guardò. C'era dolore nel suo sguardo, ed ebbi la netta sensazione che pensasse alla nostra notte di nozze. D'un tratto credetti anch'io di sentire una specie di colpa. Ma, come avrei potuto manifestarlo? La porta si spalancò e qualcosa di scuro si rovesciò dentro, una folata di vento, una giovane donna con capelli neri, corti, grandi occhi neri, faccia ambrata e abbondante peluria sopra labbra rosse e robusti denti smaglianti. La donna, entrando, urlò qualcosa che io non capii, mi alzai, lei si sedette sul tavolo. « Questo è mio marito! » disse Elisabeth. Mi ci vollero un paio di minuti per capire che si trattava di 'Jolanth'. « Tu non conosci Jolanth Szatmary? » chiese mia moglie. Seppi così che era una donna famosa. Ancor meglio di mia moglie sapeva come progettare tutto ciò che l'artigianato industriale sembrava assolutamente richiedere. Mi scusai. In realtà, né a Wiatka, né durante il tragitto col convoglio avevo sentito fare il nome di Jolanth Szatmary.

« Dov'è il vecchio? » chiese Jolanth.

« Dovrebbe venire a momenti » disse Elisabeth Il vecchio era mio suocero. Infatti arrivò poco dopo. Quando mi vide, cacciò il consueto « Ah! » e mi abbracciò. Era sano e vispo. « Ben tornato! » gridò, con un'aria così trionfante come se a portarmi a casa fosse stato lui in persona. « Tutto è bene quel che finisce bene! » disse subito dopo. Le due donne risero. Mi sentii avvampare. « Andiamo a mangiare! » ordinò. « Guarda qua, » mi disse « quello che vedi l'ho fatto tutto io con queste mani! ». E mi sventolò le mani davanti al naso Elisabeth faceva finta di cercare il suo cappotto.

Andammo dunque a mangiare, o meglio: fummo portati, perché mio suocero, s'intende, aveva la sua macchina e il suo autista. « Al solito locale! » ordinò. Non osai chiedere quale ristorante fosse il suo solito locale. Ebbene, era il mio vecchio ristorante di fiducia, dove tante volte avevo mangiato coi miei amici, una di quelle vecchie trattorie viennesi dove il padrone conosceva meglio i suoi ospiti che i suoi camerieri, e dove un ospite non era un cliente pagante ma un ospite sacro.

Ora però era tutto mutato: ci servirono dei camerieri sconosciuti che non mi avevano mai visto e ai quali il mio affabile suocero dava la mano. Qui lui aveva anche il suo tavolo ' particolare '. Io ero un estraneo, in quel posto, peggio che un estraneo. Perché l'ambiente mi era familiare, la tappezzeria mi era amica e così le finestre, il soffitto annerito dal fumo, la grande stufa di terracotta verde e il vaso di maiolica col bordo azzurro e i fiori appassiti sulla mensola della finestra. Ma erano estranei quelli che mi servivano, e con estranei io sedevo e mangiavo allo stesso tavolo. I loro discorsi non li capivo. Mio suocero, mia moglie Elisabeth, Jolanth Szatmary parlavano di mostre; avrebbero fondato riviste, affisso manifesti, conseguito successi internazionali – che so io! « Tiriamo dentro anche te! » mi diceva di quando in quando mio suocero; e io non avevo la più pallida idea in che cosa mi volesse « tirar dentro ». Anzi, già la sola idea che io potessi essere « tirato dentro » mi angosciava.

« Il conto! » gridò mio suocero quando finimmo di mangiare. In quell'istante spuntò dietro il banco Leopold, nonno Leopold. Anche sei anni prima lo chiamavamo nonno Leopold. « Nonno! » gridai e lui venne fuori. Doveva avere già superato la settantina. Camminava sulle gambe malferme e coi piedi in fuori, che sono una caratteristica dei camerieri che hanno servito a lungo. I suoi occhi chiari, sbiaditi, cerchiati di rosso, dietro i vacillanti occhiali a molla, mi riconobbero subito. E già sorrideva la sua bocca sdentata, già si spiegavano le ali delle sue fedine bianche. Mi scivolò incontro e mi prese la mano, delicatamente, come si tiene un passero. « Oh, che bellezza che almeno lei sia qui! » strillò. « Ritorni presto! Mi terrò onorato di servire io stesso il signore! ». E – senza curarsi dei clienti – gridò alla moglie dietro la cassa: « Finalmente un cliente! ». Mio suocero rise.

Dovevo parlare con mio suocero. Ora scorrevo con lo sguardo, così mi pareva, tutta la scalinata davanti alla quale mi trovavo. Aveva innumerevoli scalini e diventava sempre più ripida. Si capisce, avrei potuto lasciare Elisabeth e non curarmi più di lei. Ma allora non pensai affatto a questa possibilità. Era mia moglie. (Ancora oggi vivo con la convinzione che lei è mia moglie). Forse avevo mancato nei suoi confronti; anzi, senza dubbio. O forse era il vecchio amore, solo a metà soffocato, che mi faceva credere che a guidarmi fosse unicamente la coscienza. Forse era la mia pretesa, l'assurda pretesa di tutti gli uomini giovani o rimasti giovani, di far tornare a ogni costo come era un tempo la donna che un tempo hanno amato e poi dimenticato, e che è diventata un'altra; per egoismo. Insomma, dovevo parlare con mio suocero; quindi con Elisabeth.

Incontrai mio suocero nel bar del vecchio albergo, dove dovevano conoscermi più che bene. Per esserne sicuro, una mezz'ora prima feci una specie di ricognizione. Sì, erano ancora tutti vivi, due camerieri erano rimpatriati e il barista anche. Sì, si ricordavano perfino ancora che avevo un piccolo debito – e che bene mi fece anche questo! Tutto era calmo e silenzioso. La luce del giorno scendeva morbida dal lucernario. Non c'erano finestre. C'erano ancora vecchie e buone bevande di prima della guerra. Quando arrivò mio suocero, ordinai del cognac. Mi portarono il vecchio Napoléon, come una volta. « Diavolo d'un ragazzo! » disse mio suocero. Certo, ero tutto meno che questo.

Gli dissi che ormai dovevo mettere ordine nella mia vita, anzi nella nostra vita. Non avevo, così dissi, per niente l'intenzione di rimandare questioni decisive. Dovevo sapere tutto subito. Ero un uomo sistematico, dissi.

Lui ascoltò tranquillamente fino in fondo. Poi cominciò: « Voglio essere franco con te. Primo, non so se Elisabeth sia ancora disposta a vivere con te, cioè se ti ama; questo è affare tuo, vostro. Secondo: di che cosa intendi vivere? Insomma, che cosa sai fare? Prima della guerra eri un giovane ricco della buona società, cioè di quella società a cui apparteneva il mio Bubi ».

« Bubi! ». Era mio cognato. Era quel Bubi che io non avevo mai potuto soffrire. Me n'ero completamente dimenticato. « Dov'è? » chiesi. « Caduto in guerra! » rispose mio suocero. Tacque e vuotò il bicchiere d'un fiato. « Nel 1916 è caduto in guerra » aggiunse. Era la prima volta che lo sentivo vicino e familiare. « Dunque, » proseguì « tu non hai nulla, tu non hai una professione. Personalmente, io sono consigliere commerciale e sono stato perfino nobilitato. Ma oggi questo non significa nulla. L'intendenza militare mi deve ancora centinaia di migliaia di corone. Non me le pagheranno. Ho solo del credito e un po' di denaro in banca. Sono ancora giovane. Posso tentare qualcosa di nuovo, qualcosa di grosso. Come vedi, ora faccio un tentativo con l'artigianato industriale. Elisabeth ha imparato da questa famosa Jolanth Szatmary. 'Studio Jolanth': con questo marchio la roba potrebbe fare il giro del mondo. E oltre a ciò, » aggiunse con aria sognante « ho ancora qualche altra freccia al mio arco ».

Quest'espressione fu sufficiente a rendermelo di nuovo antipatico. Se ne doveva essere accorto perché subito dopo disse: « Voi non avete più soldi, lo so, la tua signora mamma non lo sospetta ancora. Io ti posso tirar dentro in qualche affare, se vuoi. Ma prima parla con Elisabeth. *Servus!* ».

XXV

Parlai dunque prima con Elisabeth. Fu come riesumare qualcosa che io stesso avevo consegnato alla terra. Era un sentimento che mi spingeva, una passione che mi attirava verso Elisabeth? Incline per natura e per educazione ad avere responsabilità, e volendo anche opporre decisa resistenza all'ordine che regnava intorno a me e nel quale non mi ritrovavo, mi sentivo obbligato a mettere ordine innanzi tutto nelle mie faccende private.

E all'ora fissata Elisabeth venne in quella pasticceria nel centro della città dove in passato, nei primi tempi del mio innamoramento, ci eravamo incontrati. L'aspettavo al nostro vecchio tavolo. Fui preso dai ricordi, perfino dal sentimentalismo. Il piano di marmo del tavolo doveva mostrare ancora, così sembrava a me, tracce delle nostre, delle sue mani. Un'idea puerile, certo, ridicola. Lo sapevo, ma mi costringevo a pensarci, addirittura quasi mi ci concentravo, per poter aggiungere al mio bisogno di ' mettere ordine nella mia vita ' anche un qualche sentimento, e quindi per giustificare il mio colloquio con Elisabeth sotto tutti e due gli aspetti. A quell'epoca sperimentai per la prima volta come siano fugaci le nostre vicissitudini, quanto in fretta noi scordiamo e come noi stessi siamo transitori, più di qualsiasi altra creatura sulla terra. Avevo paura di Elisabeth; la guerra, la prigionia, Wiatka, il ritorno, li avevo già quasi cancellati dalla memoria. Tutte le mie vicissitudini ormai le mettevo solo in rapporto con Elisabeth. E che cosa significava lei, in fondo, a paragone della perdita dei miei amici Joseph Branco, Manes Reisiger, Jan Baranovitsch, e della mia patria, del mio mondo? Elisabeth non era nemmeno mia moglie secondo lo spirito e la lettera delle leggi sia civili che religiose. (Nella vecchia monarchia avremmo potuto ottenere facilmente il divorzio, figuriamoci poi ora). La desideravo ancora? Guardai l'orologio. Entro cinque minuti avrebbe dovuto essere lì, e io mi auguravo che ritardasse almeno un'altra mezz'ora. Per la paura mangiavo le piccole paste alla cioccolata fatte di cicoria e cannella, che potevano sedurre solo i nostri occhi ma non ingannare il nostro palato. (Nella pasticceria non c'era grappa).

Elisabeth arrivò. Non arrivò sola. L'accompagnava la sua amica Jolanth Szatmary. Io naturalmente mi ero aspettato che venisse sola. Quando però apparve anche Jolanth Szatmary non me ne meravigliai affatto. Era chiaro che senza questa donna Elisabeth non sarebbe venuta, non sarebbe potuta venire. E capii.

Io non avevo pregiudizi di nessuna specie, oh no! Nel mondo in cui ero cresciuto un pregiudizio era considerato quasi un indice di volgarità. Solo che il fatto di dare pubblica dimostrazione di qualcosa che era considerato proibito, mi parve banale. Probabilmente Elisabeth non avrebbe fatto venire al nostro appuntamento una donna di cui non fosse innamorata. In questo caso, doveva ubbidire.

Sorprendente era la somiglianza delle due donne, sebbene fossero di carattere così diverso e così diverse di faccia. Dipendeva dalla somiglianza del loro abbigliamento e dei loro gesti. Si sarebbe potuto dire che si somigliavano come sorelle, o piuttosto come fratelli. Come usano fare gli uomini, indugiarono davanti alla porta per decidere chi delle due dovesse dare la precedenza all'altra. Come usano fare gli uomini, indugiarono anche al tavolo, per decidere chi delle due dovesse sedersi per prima. Da parte mia, non feci più nemmeno un timido tentativo di baciamano, né con l'una né con l'altra. Ai loro occhi ero un essere ridicolo, figlio di una misera progenie, di una razza sconosciuta e spregiata, incapace, vivessi cent'anni, di essere iniziato alla casta a cui esse appartenevano, diventando partecipe dei misteri che esse custodivano. Ero ancora prigioniero dell'infame concezione che appartenessero a un sesso debole, addirittura inferiore, e tanto impudente da manifestare questa mia concezione con la galanteria. Sedevano accanto a me risolute e solidali, come se io le avessi sfidate. Fra le due vigeva una muta ma più che evidente alleanza contro di me. Si vedeva benissimo. Anche se parlavo della pioggia e del bel tempo, si scambiavano occhiate, come due persone che da tempo ormai sapessero di che specie io fossi e di quali asserzioni fossi capace. Talvolta l'una sorrideva e dopo una frazione di secondo lo stesso sorriso si ripeteva sulle labbra dell'altra. Di tanto in tanto mi pareva di notare che Elisabeth si accostasse a me, tentasse di regalarmi un'occhiata furtiva, come se avesse voluto provarmi che lei in fondo apparteneva a me, solo che doveva ubbidire all'amica, contro la sua volontà e il suo cuore. Di che cosa si doveva parlare? M'informai sul loro lavoro. Ne ebbi una conferenza sull'incapacità dell'Europa a riconoscere i materiali, le intenzioni, la genialità del primitivo. Quel che si doveva fare era riportare il gusto artistico, totalmente pervertito, dell'europeo sulla via giusta e naturale. I monili erano, a quanto capii, un genere di necessità. Io non avevo dubbi in proposito. Lo dissi anche. Mi feci anche premura di concedere che il gusto artistico degli europei era pervertito. Solo non riuscivo a capire per quale motivo questo pervertito gusto artistico dovesse essere il solo responsabile del tramonto di tutto un mondo; semmai era piuttosto una conseguenza, indubbiamente solo un sintomo.

« Sintomo! » gridò la signora Jolanth. « Te l'ho detto subito, Elisabeth, che è un inguaribile ottimista! Non l'ho forse capito subito alla prima occhiata? ». Così dicendo la signora Jolanth poggiò tutte e due le sue mani piccole e larghe sulla mano di Elisabeth. A questo movimento i guanti che la signora Jolanth teneva in grembo le scivolarono a terra, io mi chinai, ma lei mi respinse violentemente. « Perdoni, » dissi « sono un ottimista ».

« Lei e i suoi sintomi! » esclamò. Era chiaro che non capiva la parola.

« Alle otto parla Harufax sulla sterilizzazione volontaria » disse la signora Jolanth. « Non te ne scordare, Elisabeth! Ora sono le sette ».

« Non me ne scordo » disse Elisabeth.

La signora Jolanth si alzò, con una rapida occhiata ordinò a Elisabeth di seguirla. « Scusa! » disse Elisabeth. Ubbidiente seguì la signora Jolanth alla toeletta.

Restarono via un paio di minuti, sufficienti a me

per chiarire a me stesso che se mi ostinavo a ' mettere ordine nella mia vita ', non facevo altro che accrescere la confusione. Non solo mi smarrivo io stesso, bensì aumentavo perfino lo smarrimento generale. Ero a questo punto delle mie riflessioni quando le donne ritornarono. Pagarono. Non feci in tempo a chiamare la cameriera. Per paura che potessi precederle e pregiudicare la loro autonomia, avevano per così dire catturato la cameriera per strada, nel breve tragitto fra la toeletta e la cassa. Salutandomi, Elisabeth mi passò nella mano di nascosto un pezzettino di carta appallottolata. E via da Harufax, a sentire della sterilizzazione. Spiegai il bigliettino. « Alle dieci stasera al caffè Museum, sola » aveva scritto Elisabeth. La confusione non accennava a finire.

Il caffè puzzava di acetilene, vale a dire di cipolle marce e di cadaveri. Non c'era luce elettrica. Mi riesce estremamente difficile raccogliere le idee se ci sono degli odori penetranti. L'odore è più potente del rumore. Aspettavo con la mente intorpidita e senza la minima voglia di rivedere Elisabeth. Non avevo neanche più voglia di ' mettere ordine '. Era come se l'acetilene mi avesse definitivamente convinto della reale arretratezza del mio sforzo di mettere ordine. Aspettavo ormai solo per galanteria. Ma non poteva durare oltre la cosiddetta ora del coprifuoco. E in fondo trovavo adesso che questa disposizione, alla quale altrimenti mi sarei ribellato, era un gesto molto provvido da parte delle autorità. Di certo sapevano quel che si facevano, queste autorità. Costringevano quelli come noi a deporre le loro qualità incongrue e a rettificare i loro deplorevoli errori. Tuttavia Elisabeth arrivò, una mezz'ora prima della chiusura. Era bella come entrò a precipizio, una specie di animale in fuga, con la sua giacca di castoro, neve sui capelli e sulle lunghe ciglia, neve che si scioglieva in gocce sulle guance. Si sarebbe detto che scappasse dalla foresta per rifugiarsi da me. « Ho detto a Jolanth che papà non sta bene » cominciò. E già le si erano empiti gli occhi di lacrime. Cominciò a singhiozzare. Sì, singhiozzava, sebbene sotto la pelliccia aperta facesse mostra di un colletto di foggia maschile con tanto di cravatta. Cautamente le presi la mano e gliela baciai. Elisabeth non era certo più nello stato d'animo di respingere il mio braccio. Venne il cameriere, già con l'aria insonnolita. Solo due lampade ad acetilene erano ancora accese. Pensai che avrebbe ordinato un liquore. Ma invece chiese *würstel* con rafano. Le donne in lacrime hanno appetito, pensai. Inoltre il rafano giustifica le lacrime. L'appetito mi commosse. Fui invaso dalla tenerezza, la proditoria, fatale tenerezza maschile. Le misi un braccio intorno alle spalle. Lei si appoggiò comodamente all'indietro, mentre con una mano intingeva il *würstel* nel rafano. Le sue lacrime continuavano a scorrere, ma avevano così poco significato quanto le gocce di neve liquefatta sulla pelliccia di castoro. « Sono o non sono tua moglie » gemette. Ma suonò piuttosto come un'esclamazione di giubilo. « Certo » risposi. Bruscamente si raddrizzò a sedere. Ordinò ancora un paio di *würstel* con rafano e birra.

Poiché ormai spegnevano anche la penultima lampada ad acetilene, dovemmo disporci a lasciare il caffè. « Jolanth mi aspetta » disse Elisabeth sulla porta del caffè. « Ti accompagno » dissi. Camminavamo in silenzio, l'uno vicino all'altro. Scendeva una neve indolente, direi quasi putrida. I lampioni funzionavano male, putridi anch'essi. Avari e astiosi, custodivano nei loro gusci di vetro un granello di luce. Non illuminavano le strade, le oscuravano.

Quando raggiungemmo la casa della signora Jolanth Szatmary, Elisabeth disse: « Siamo arrivati, arrivederci! ». Mi accomiatai. Chiesi quando potevo farmi vivo. Feci l'atto di tornare sui miei passi. A un tratto Elisabeth mi tese tutte e due le mani: « Non lasciarmi, » disse « vengo con te ».

Così la presi con me. Con Elisabeth non potevo entrare in nessuna di quelle case in cui probabilmente si ricordavano ancora di me per avermi conosciuto in passato. In questa grande, derelitta, buia città peregrinammo come due orfani. Elisabeth si teneva stretta al mio braccio. Attraverso la pelliccia sentivo il battito irregolare del suo cuore. Talvolta ci fermavamo sotto uno dei fievoli lampioni, e io scrutavo la sua faccia bagnata. Non sapevo se erano lacrime o neve.

Eravamo arrivati, quasi senza saperlo, sul lungofiume Franz-Josef. Senza che ce ne accorgessimo attraversammo il ponte di Augarten. Continuava a cadere quella neve pigra e laida, e noi non dicevamo una parola. Un minuscolo lumicino a forma di stella brillò davanti a noi da una casa della Untere Augartenstrasse. Sapevamo tutti e due che cosa stava a indicare la stella. Ci avviammo in quella direzione.

La tappezzeria era di un verde velenoso, come al solito. Non c'era illuminazione. Il portiere accese una candela, fece colare un paio di gocce e l'appiccicò sul tavolino da notte. Sopra al lavandino era appeso un asciugamano. In mezzo a una corona verde erano ricamate con filo rosso-sangue le parole: *Grüss Gott!*

In quella stanza, quella notte, amai Elisabeth. « Sono prigioniera » mi disse. « Jolanth mi ha fatta prigioniera. Non avrei dovuto andarmene quella volta, a Baden, quando è morto Jacques ».

« Tu non sei prigioniera » dissi. « Sei con me, sei mia moglie ».

Volli indagare tutti i segreti del suo corpo, e il suo corpo ne aveva molti. Un orgoglio giovanile – allora lo ritenevo virile – m'imponeva di cancellare tutte le tracce che Jolanth poteva aver lasciato. Era orgoglio? Era gelosia?

Lentamente il mattino invernale s'insinuava sulla tappezzeria verde-veleno. Elisabeth mi svegliò. Sembrava un'estranea dal modo in cui mi guardava. Spavento negli occhi e rimprovero; sì, c'era anche rimprovero nei suoi occhi. La sua cravatta severa, grigio-argento, era appesa, simile a una piccola spada, alla spalliera della poltrona. Mi baciò piano sugli occhi, d'un tratto trasalì e gridò: « Jolanth! ».

Ci rivestimmo in fretta, con un'indicibile vergogna. Era un mattino da dare i brividi. Piovevano minuscoli chicchi di grandine. Dovevamo fare molta strada. I tram ancora non passavano. Camminammo per un'ora fino a casa di Elisabeth con quella pioggia mista a grandine sulla faccia. Si sfilò i guanti. La sua mano era fredda. « Arrivederci » le gridai dietro. Lei non si voltò.

XXVI

Erano le otto. Mia madre stava già facendo colazione, come tutti i giorni. Il rito del nostro incontro si compì come al solito. « Buongiorno, mamma! ». Mia madre mi sorprese oggi con un: « *Servus*, ragazzo! ». Da lungo tempo non avevo più sentito dalla sua bocca questo saluto sbarazzino. Quando poteva essere stata l'ultima volta che l'aveva usato? Dieci, forse quindici anni fa, quand'ero ancora liceale, durante le vacanze, quando mi era consentito di fare la prima colazione con i miei. Allora usava aggiungere talvolta l'innocente battuta che a lei doveva sembrare molto arguta. Diceva cioè, indicando la poltrona su cui sedevo: « E così, anche questo banco di scuola ti pesa? ». Una volta avevo risposto: « Sì, mamma! », e per tre giorni non avevo più avuto il permesso di sedermi a tavola.

Quella mattina si dimenticò perfino di lagnarsi della marmellata. « Io non capisco » disse « dove trovino tante barbabietole! Assaggia, ragazzo! È roba sana, hanno scritto. Che il diavolo... ». S'interruppe, le maledizioni non le diceva mai per intero. Mangiai barbabietole e margarina e bevvi caffè. Il caffè era buono. Notai che la nostra domestica mi serviva da un'altra caffettiera e capii che la vecchia signora aveva serbato per me il buon caffè Meinl, faticosamente ottenuto per vie traverse, e per sé si contentava di quella robaccia amara fatta di cicoria. Ma non potevo farmi accorgere che lo sapevo. Mia madre non sopportava che si scoprissero le sue piccole mosse strategiche. Bisognava fingersi ciechi. Era tanto superba che a volte poteva perfino diventare vendicativa.

« E così hai incontrato la tua Elisabeth » disse senza preamboli. « Lo so, tuo suocero è stato qui ieri. Se mi ci metto con un po' d'impegno, lo capisco perfettamente. È stato qui circa due ore. Mi ha raccontato che hai parlato con lui. Io gli ho detto che l'avrei saputo da te, ma lui non si è lasciato scoraggiare. Dunque vuoi mettere ordine nella tua vita – ho sentito. Che ne dice Elisabeth? ».

« Sono stato con lei ».

« Dove? Perché non qui? ».

« Non sapevo, mamma. Era troppo tardi ».

« Così ti vuole tirar dentro in un qualche affare, ha detto. Tu non sei in grado di fare nulla. Tu non sei in grado di mantenere una donna. Non so in quali affari abbia intenzione di tirarti dentro, ma in tutti i casi dovresti metterci una parte di capitale. E noi non abbiamo nulla. È tutto investito nel prestito di guerra. Perso cioè, come la guerra. Ci resta questa casa. Si potrebbe, pensava lui, metterci un'ipoteca. Tu potresti parlarne col nostro dottor Kiniower. Ma poi, dove sarebbe il tuo lavoro e quale poi? Ne capisci qualcosa tu di queste arti applicate? Tuo suocero se ne intende moltissimo. La sua conferenza era ancora più dettagliata di quella della tua

Elisabeth. E chi sarebbe questa professoressa Jolanth Keczkemet? »

« Szatmary, mamma! » corressi.

« Sarà Szekely » consentì mia madre. « Allora, chi è? ».

« Ha i capelli corti, mamma, e io non la posso soffrire ».

« E Elisabeth è sua amica? ».

« Un'ottima amica! ».

« Ottima, dici? ».

« Sì, mamma! ».

« Ah! » disse. « Allora lascia perdere, ragazzo. Conosco amicizie del genere per sentito dire. Mi basta. Ho letto molto, ragazzo! Tu non immagini quante cose so io; un amico sarebbe stato meglio. Dalle donne è quasi impossibile liberarsi. E da quando è che esistono donne che sono professori? E di che cosa è professore questa Keczkemet? ».

« Szatmary, mamma! » corressi.

« Sarà Lakatos » disse mia madre dopo aver riflettuto un po'. « Allora, cosa speri di fare contro un professore donna, ragazzo? Un pugilatore, o un attore magari, sarebbe un altro discorso! ».

Quanto poco conoscevo mia madre! Questa vecchia signora che solo una volta alla settimana andava ai giardini pubblici per un paio d'ore ' a prendere una boccata d'aria ', e che solo una volta al mese, allo stesso scopo, era solita andare in fiacchere fino al Praterspitz, era al corrente perfino delle cosiddette perversioni. Quanto doveva leggere, con quanta lucidità doveva riflettere e pensare – nelle lunghe ore solitarie che trascorreva a casa, appoggiata al suo bastone nero, vagando dall'una all'altra delle nostre camere immerse nella penombra, così sola e così ricca, così sprovveduta e così sapiente, così lontana dal mondo e così esperta del mondo!

Ma io dovevo difendere Elisabeth, cosa avrebbe pensato mia madre se io non lo facevo? Era mia moglie, tornavo ora dal nostro amplesso, sentivo ancora nel cavo della mano la levigata freschezza del suo seno giovane, respiravo ancora il profumo del suo corpo, ancora si rifletteva nei miei occhi l'immagine del suo volto con gli occhi semichiusi persi nella beatitudine, e sulla mia bocca posava il sigillo delle sue labbra. Dovevo difenderla – e mentre la difendevo cominciai ad amarla di nuovo.

« Questa professoressa Szatmary » dissi « non può niente contro di me. Elisabeth mi ama, ne sono sicuro. Ieri per esempio... ».

Mia madre non mi lasciò finire il discorso: « E oggi? » m'interruppe. « Oggi è daccapo dalla professoressa Halaszy! ».

« Szatmary, mamma! ».

« Non faccio caso a nomi simili, ragazzo, lo sai, non mi correggere continuamente! Se hai l'intenzione di vivere con Elisabeth, allora devi mantenerla. Come dice tuo suocero, devi mettere un'ipoteca sulla nostra casa. Poi devi lasciarti tirar dentro in un qualche affare, come dice tuo suocero. Che dico: la nostra casa? È la tua casa! E allora questa professoressa, come diavolo si chiama, dovrà contentarsi di fabbricare nuovi coralli con le pigne – in nome di Dio! Al pianterreno abbiamo ancora un appartamento libero, quattro stanze credo, il portiere lo sa. Io ho ancora qualcosa in banca, faccio a metà con te, chiedi al dottor Kiniower quant'è! Cucinare possiamo farlo insieme. Elisabeth sa fare cucina? ».

« Non credo, mamma! ».

« Un tempo io sapevo, » disse mia madre « me ne ricorderò di sicuro! La cosa più importante è che tu possa vivere con Elisabeth. E lei con te ». Non diceva più: la tua Elisabeth, io lo considerai un segno di particolare benevolenza materna.

« Va' in centro, ragazzo. Vai a trovare i tuoi amici! Forse sono ancora vivi. Che ne dici? Se tu andassi in centro? ».

« Sì, certo, mamma! » dissi, e andai da Stellmacher al ministero della guerra per chiedere notizie dei miei amici. Stellmacher doveva essere rimasto sempre lì. Per quanto il ministero della guerra non potesse essere ormai più di un sottosegretariato di Stato, Stellmacher era sicuramente rimasto.

Era rimasto, vecchio, canuto e curvo. Sedeva là, dietro la vecchia scrivania, nella sua vecchia stanza. Ma era in borghese, con uno strano vestito troppo largo che gli ciondolava di dosso e che per giunta era anche rivoltato. Di tanto in tanto si passava due dita fra il colletto e il collo. La stoffa rigida gli dava fastidio. I polsini gli davano fastidio. Li ricacciava di continuo nelle maniche, spingendoli contro l'orlo del tavolo. Era abbastanza informato: Chojnicki era ancora vivo, abitava nel quartiere di Wieden; Dworak, Szechenyi, Hallersberg, Lichtenthal, Strohhofer giocavano tutti i giorni a scacchi al caffè Josefinum nella Währingerstrasse. Di Stejskal, Halasz e Grünberger non si sapeva che ne fosse stato. Andai prima da Chojnicki, al Wieden.

Sedeva nel suo vecchio salone, nella sua vecchia casa. Era quasi irriconoscibile perché si era fatto tagliare i baffi. « Perché, a che scopo? » gli chiesi. « Per somigliare al mio domestico. Io sono il lacchè di me stesso. Mi apro da solo la porta. Mi pulisco da me gli stivali. Quando ho bisogno di qualcosa, suono e mi presento io stesso. Signor conte comanda? – Sigarette! – Al che, mi spedisco dal tabaccaio. Mangiare posso ancora farlo gratis dalla vecchia » con questo nome s'intendeva nella nostra cerchia la signora Sacher. « Il vino me lo procuro ancora dal grassone » con questo nome s'intendeva nella nostra cerchia il Lautgartner a Hietzing. « E Xandl è pazzo a Steinhof » così concluse Chojnicki il suo triste resoconto.

« Pazzo? ».

« Pazzo da legare. Gli faccio visita tutte le settimane. Il coccodrillo » era lo zio dei fratelli Chojnicki, Sapieha « ha messo i beni sotto sequestro. È il curatore di Xandl. Io non ho alcun diritto di fare opposizione. Questa casa è pignorata. Posso restarci ancora tre settimane. E tu, Trotta? ».

« Io metterò un'ipoteca sulla nostra casa. Mi sono sposato, sai. Devo mantenere una moglie ».

« Oh, oh, sposato! » esclamò Chojnicki. « Ne so qualcosa anch'io. Ma mia moglie è in Polonia. Che Dio ve la conservi a lungo e in salute. Io ho deciso » continuò « di rimettere tutto nelle mani dell'Onnipotente. Chi ha imbrattato, spazzi: Lui mi ha messo in questo bel pasticcio, in questo sfacelo, e io mi rifiuto di tirarmi fuori ». Tacque per un po', poi picchiò il pugno sul tavolo gridando: « La colpa è tutta vostra, di voi, voi, » cercava il termine appropriato « voi canaglie, » gli venne alla fine in mente « voi avete rovinato lo Stato con le vostre frivole barzellette da caffè. Il mio Xandl l'ha sempre profetizzato. Voi non avete voluto vedere che quegli scimuniti di alpigiani e i Sudeti della Boemia, questi nibelunghi cretini, hanno offeso e infamato per tanto tempo le nostre nazionalità finché hanno cominciato a odiare e a tradire la monarchia. Non sono stati i nostri cèchi a tradire, non i nostri serbi, non i nostri polacchi, non i nostri ruteni, ma soltanto i nostri tedeschi, la maggioranza etnica ».

« Ma la mia famiglia è slovena » dissi.

« Scusa » disse sottovoce. « È solo perché non ho un tedesco sotto mano. A me un tedesco dei Sudeti! » gridò di nuovo all'improvviso. « Che io lo strozzi! Andiamo, andiamo a scovarlo! Vieni! Marciamo sul Josefinum! ».

Dworak, Szechenyi, Hallersberg, Lichtenthal e Strohhofer erano là, per lo più ancora in uniforme. Tutti loro appartenevano alla vecchia società. I titoli nobiliari erano proibiti, che importava? « Chi non mi conosce col nome di battesimo, » diceva Szechenyi « non ha avuto una buona educazione! ». Erano instancabili nel giocare a scacchi. « Dov'è il sudeta? » gridò Chojnicki. « Son qua! » disse il sudeta. Papà Kunz era uno di quelli che assistevano alle partite prodigando i loro fastidiosi consigli: vecchio socialdemocratico, redattore dell'organo di partito, era disposto in qualsiasi momento a provare storicamente che gli austriaci erano in realtà tedeschi. « Lo provi! » esclamò Szechenyi. Papà Kunz ordinò un doppio *sliwowitz* e si accinse a provarlo. Nessuno gli prestava ascolto. « Iddio fulmini i Sudeti! » urlò Chojnicki che aveva appena perso una partita. Saltò su di scatto e agitando in aria i pugni chiusi si slanciò sul vecchio Kunz. Lo fermammo. Aveva la bava alla bocca e gli occhi iniettati di sangue. « Marcomanni[1] teste quadre! » gridò finalmente. Era l'apice del suo furore. Da quel momento cominciò visibilmente a rabbonirsi.

Mi sentivo bene, ero di nuovo a casa. Tutti noi avevamo perso rango e posizione e nome, casa e denaro e valori: passato, presente, futuro. Ogni mattina quando aprivamo gli occhi, ogni notte quando ci mettevamo a dormire imprecavamo alla morte che invano ci aveva attirato alla sua festa

1. Popolo germanico emigrato in Boemia dopo le vittorie di Druso, 9-8 a.C. [*N.d.T.*].

grandiosa. E ognuno di noi invidiava i caduti. Riposavano sotto terra e la primavera ventura dalle loro ossa sarebbero nate le violette. Noi invece eravamo tornati a casa disperatamente sterili, coi lombi fiaccati, una generazione votata alla morte, che la morte aveva sdegnato. Il reperto della commissione di arruolamento era irrevocabile. Diceva: « Giudicati inabili alla morte ».

XXVII

L'inconsueto divenne per tutti noi la consuetudine. Era un precipitoso assuefarsi. Quasi senza saperlo ci adeguavamo con la più grande sollecitudine, anzi correvamo dietro a fenomeni che odiavamo e aborrivamo. Cominciammo addirittura ad amare la nostra disperazione come si amano dei nemici sinceri. Anzi ci sprofondavamo dentro. Le eravamo grati perché inghiottiva i nostri piccoli affanni personali, lei, la loro sorella maggiore, la grande disperazione, che invero non cedeva a nessun conforto, ma nemmeno a nessuna delle nostre preoccupazioni quotidiane. Secondo me, si capirebbe e certo si perdonerebbe anche la spaventosa arrendevolezza delle odierne generazioni di fronte ai loro ancor più spaventevoli asservitori, se si pensasse che è della natura umana preferire la grandiosa sciagura che tutto distrugge all'affanno particolare. L'immane sciagura inghiotte rapidamente la piccola disgrazia, la disdetta insomma. E perciò in quegli anni noi amavamo l'immane disperazione.

Oh, non che non fossimo stati in grado di mettere in salvo da essa ancora qualche piccola gioia, di comprargliela, di ottenerla con le lusinghe, di strappargliela con la forza. Scherzavamo e ridevamo spesso. Spendevamo del denaro che a malapena ci apparteneva ancora, ma che pure a malapena aveva ancora un valore. Si dava a credito e si prendeva a credito, accettavamo doni e ne facevamo, restavamo debitori e pagavamo debiti altrui. Così vivranno gli uomini il giorno prima del giudizio universale, succhiando nettare dai fiori velenosi, lodando il sole che si spegne come dispensatore di vita, baciando la terra che si dissecca come madre della fertilità.

Si avvicinava la primavera, la primavera viennese, alla quale nessuna delle piagnucolose canzonette poté mai rendere giustizia. Non una sola delle melodie divenute popolari ha la tenerezza del canto di un merlo nel Votivpark o nel Volksgarten. Nessuna canzone in rima è così efficace come il buon grido rozzo e roco di un banditore davanti a una baracchina del Prater in aprile. Chi può cantare l'oro guardingo del citiso che invano tenta di nascondersi fra il verde tenero dei vicini cespugli? Già si avvicinava l'incantevole profumo del sambuco, promessa festosa. Nel Wienerwald occhieggiavano azzurre le violette. Gli uomini si accoppiavano. Nel nostro solito caffè si scherzava, si giocava a scacchi e a *Dardel* e a tarocchi. Si perdeva e si vinceva denaro senza valore.

Mia madre dava tanta importanza alla primavera che a cominciare dal quindici aprile andava due volte al mese al Prater, non solo una volta come in inverno. Ormai erano pochi i fiaccheri. I cavalli morivano di vecchiaia. Molti venivano macellati e mangiati come salsicce. Nelle rimesse del vecchio esercito si potevano vedere i pezzi dei fiaccheri distrutti: i *Gummiradler* nei quali un tempo dovevano aver viaggiato i Tschirschky, i Pallavicini, gli Sternberg, gli Esterházy, i Dietrichstein, i Trautmannsdorff. Mia madre che, previdente per natura, con l'età lo era diventata ancora di più, aveva ' fatto un accordo ' con uno dei pochi vetturini rimasti. Veniva puntuale due volte al mese alle nove di mattina. Qualche volta io accompagnavo mia madre, specialmente nei giorni in cui pioveva. Nelle intemperie – e un'acquata per lei era già tale – non voleva essere sola. Non parlavamo molto nella quieta benigna penombra sotto il mantice aperto. « Signor Xaver, » diceva mia madre al vetturino « mi racconti qualcosa ». Egli si girava verso di noi, faceva trottare i cavalli un paio di minuti e raccontava un po' di tutto. Suo figlio era uno studioso, reduce di guerra, comunista attivo. « Mio figlio dice » raccontava il signor Xaver « che il capitalismo è spacciato. Non mi dice più babbo. Mi dice: carrozza, Eccellenza? È un ragazzo di cervello. Sa quel che vuole. Dei miei cavalli non ne capisce nulla ». Mia madre chiese se anche lei era una capitalista. « Certamente, » disse il signor Xaver « tutti quelli che non lavorano eppure vivono lo stesso sono capitalisti ». « E i mendicanti? » chiese mia madre. « Quelli non lavorano, ma non vanno nemmeno al Praterspitz in fiacchere come lei, gentile signora! » rispose il signor Xaver. Mia madre si voltò verso di me e disse: « Giacobino! ». Credeva di aver parlato nel linguaggio dei ' possidenti '. Ma il signor Xaver capì. Si volse e disse: « Giacobino è mio figlio ». Quindi fece schioccare la frusta. Era come se si fosse battuto le mani da solo, per la sua cultura storica.

Mia madre diventava di giorno in giorno più

ingiusta, specialmente dal giorno in cui io avevo messo l'ipoteca. Arti applicate, Elisabeth, la professoressa, capelli corti, cèchi, socialdemocratici, giacobini, ebrei, carne in scatola, carta moneta, titoli negoziati in borsa, mio suocero: tutte cose che erano oggetto del suo disprezzo e della sua animosità. Il nostro avvocato, il dottor Kiniower, che era stato un amico di mio padre, venne chiamato per semplicità: l'ebreo. La nostra cameriera era: la giacobina. Il portiere era un sanculotto e la signora Jolanth Szatmary si chiamò semplicemente Keczkemet. Un nuovo personaggio fece la sua comparsa nella nostra vita, un certo Kurt von Stettenheim, arrivato direttamente dalla Marca di Brandeburgo e deciso a ogni costo a diffondere le arti applicate nel mondo. Aveva l'aspetto di uno di quegli uomini che al giorno d'oggi vengono definiti: di classe. Con questo termine s'intende una mescolanza tra il campione internazionale di tennis e il proprietario terriero con paesaggio da stabilire e una leggera aria di oceano o di compagnia armatoriale. Uomini di questo tipo vengono dal Baltico, dalla Pomerania, perfino dalle lande del Lüneburg. Noi eravamo anche, relativamente, fortunati. Il nostro signor von Stettenheim veniva soltanto dalla Marca di Brandeburgo.

Era grande e grosso, biondo e lentigginoso, aveva l'inevitabile sfregio sulla fronte, il segno caratteristico dei prussiani, e portava il monocolo con così poca naturalezza che lo si poteva considerare ancora più naturale. Io stesso mi servo talvolta di un monocolo, per comodità, sono troppo vanitoso per portare gli occhiali. Ci sono però facce della Pomerania, del Baltico, della Marca di Brandeburgo, sulle quali il monocolo dà l'impressione di essere un terzo occhio superfluo, non un aiuto per l'occhio vero, bensì la sua maschera di vetro. Quando il signor von Stettenheim si aggiustava il monocolo, assumeva la stessa espressione della professoressa Jolanth Szatmary quando accendeva una sigaretta. Quando il signor von Stettenheim parlava, o meglio si accalorava, il marchio di Caino che aveva sulla fronte diventava rosso-sangue; e l'uomo si accalorava senza alcun bisogno. In sorprendente contrasto col suo fervore erano infatti le parole che lo esprimevano, come per esempio: « Dunque, posso assicurarle che rimasi davvero di stucco »; oppure: « Lo dico e lo ripeto: basta non disperare »; o anche: « Scommetto dieci contro uno e le do la mia parola d'onore che è vero! ». E altre simili. Evidentemente a mio suocero non era bastata la nostra ipoteca. Il signor von Stettenheim promise di partecipare con una lauta somma all'Atelier Elisabeth Trotta. Un paio di volte mio suocero ci fece incontrare. Alla fine, appunto in seguito all'ipoteca, egli mi aveva ' tirato dentro ' nell'affare delle arti applicate! Così dovette per lo meno presentarmi al nostro terzo socio. « Conosco un conte Trotta! » esclamò il signor von Stettenheim dopo aver scambiato con me appena due frasi. « Lei si sbaglia, » dissi « esistono solo dei baroni Trotta; ammesso che siano ancora vivi! ». « Certo, mi rammento, era barone il vecchio colonnello ». « Lei si sbaglia ancora » dissi. « Mio zio è sottoprefetto ». « Dolente! » rispose il signor von Stettenheim. E lo sfregio sulla fronte avvampò.

Il signor von Stettenheim ebbe l'idea di chiamare la nostra ditta ' Studio-Jolan '. E con questo nome fu registrata. Tutte le volte che andavo in ufficio, trovavo Elisabeth che disegnava con grande zelo. Disegnava cose incredibili, come per esempio stelle a nove punte sulle facce di un ottaedro, o una mano con dieci dita che doveva essere realizzata in agata e chiamarsi ' Benedizione di Krishnamurti '; oppure un toro rosso su fondo nero che si chiamava ' Api ', una nave con tre ordini di remi che fu chiamata ' Salamina ', e un braccialetto a forma di serpente, di nome Cleopatra. Le idee erano della professoressa Jolanth Szatmary, era lei che le imponeva questi progetti. Per il resto regnava fra noi due quella pericolosa cortesia convenzionale, sempre sul punto di esplodere nell'odio, sul cui fondo posava la nostra reciproca gelosia. Elisabeth mi amava, ne ero certo, della professoressa Jolanth aveva paura, una di quelle paure che la moderna medicina si studiava con successo di definire e senza successo di spiegare. Dacché il signor von Stettenheim era entrato come terzo socio nel nostro ' Studio-Jolan ', mio suocero e la professoressa mi consideravano un elemento di disturbo, un ostacolo sulla via delle arti applicate, una persona incapace di qualsiasi utile prestazione e in nessun caso degna di essere iniziata ai progetti artistici e commerciali della nostra ditta. Io ero semplicemente, tuttora, il marito di Elisabeth.

Il signor von Stettenheim ideava prospetti in tutte le lingue del mondo e li spediva anche in tutte le parti del mondo. E quanto più scarse arrivavano le risposte, tanto più accanito si faceva il suo impegno. Arrivarono le tende nuove, al seguito di due sedie giallo-limone, un divano giallo-limone a strisce nere, due lampade con paralumi di carta giapponese a forma esagonale e una carta geografica di pergamena, sulla quale furono segnati con degli spilli tutti i paesi e le città – tutti, anche quelli con i quali la nostra ditta non aveva rapporti.

Le sere che andavo a prendere Elisabeth non parlavamo né di Stettenheim, né della professoressa Jolanth Szatmary, né delle arti applicate. Era un accordo fra noi. Trascorrevamo dolci, intense notti di primavera. Non c'era dubbio: Elisabeth mi amava.

Avevo pazienza. Aspettavo. Aspettavo il momento in cui lei di sua iniziativa mi avrebbe detto che voleva stare sempre e solo con me. Il nostro appartamento al pianterreno aspettava. Mia madre non mi chiedeva mai le intenzioni di Elisabeth. Di tanto in tanto lasciava cadere una frase, come per esempio: « Non appena sarete venuti a stare qui »; oppure: « Quando abiterete da me »; e così via.

Alla fine dell'estate risultò che il nostro ' Studio-Jolan ' non fruttava assolutamente nulla. Per di più mio suocero non aveva avuto fortuna con le « altre frecce al suo arco ». Aveva speculato sul marco con la mediazione del signor von Stettenheim. Il marco ribassò. Avrei dovuto mettere una seconda ipoteca, molto più elevata, sulla nostra casa. Parlai con mia madre, non ne volle sapere. Lo raccontai a mio suocero. « Tu non sai fare, l'ho sempre saputo » disse. « Ci andrò da me ».

Andò da mio madre, ma non da solo, col signor von Stettenheim. Mia madre, alla quale gli estranei ispiravano paura e perfino orrore, mi pregò di aspettare. Così rimasi a casa.

Si verificò il prodigio, il signor von Stettenheim piacque a mia madre. Durante la discussione, nel nostro salone, mi parve persino che lei facesse più volte vagamente l'atto di piegarsi in avanti, come per afferrare meglio le sue pompose e superflue locuzioni. « *Charmant!* » disse mia madre. « *Charmant!* » ripeté un paio di volte e, invero, alle frasi più insignificanti del signor von Stettenheim. Lui, anche lui, tenne una conferenza sulle arti applicate in generale, sui prodotti dello ' Studio-Jolan S.p.A. ' in particolare. E la mia buona vecchia mamma, che anche ora, sicuramente, di arti applicate non ne capiva più di quanto ne capisse molto tempo prima, dopo la conferenza di Elisabeth, continuava a ripetere: « Ora capisco, ora capisco, ora capisco! ».

Il signor von Stettenheim ebbe il buon gusto di dire: « L'uovo di Colombo, gentile signora! ». E come un eco mia madre ripeté obbediente: « L'uovo di Colombo! Accendiamo ancora un'altra ipoteca ».

Il nostro avvocato Kiniower sulle prime si oppose. « Io l'avverto! » disse. « Un affare che non ha prospettive. Il suo signor suocero, io lo so, non ha più un centesimo. Ho preso informazioni. Questo signor von Stettenheim vive dei mutui che lei contrae. Afferma di essere cointeressato nel maneggio del Giardino Zoologico di Berlino, ma il mio collega berlinese mi comunica che non è così. Quant'è vero che ero un amico di suo padre buon'anima, le dico oggi la verità. La professoressa Jolanth Szatmary è professoressa quanto me. Non ha mai frequentato un'accademia, né a Vienna, né a Budapest. Io l'avverto, signor Trotta, l'avverto ».

L'' ebreo ' aveva occhi piccoli, neri, lacrimosi dietro gli occhiali a molla obliqui sul naso. I suoi baffi grigi erano da un lato attorcigliati in su, dall'altro pendevano desolati all'ingiù. Così, in certo modo, si esprimeva visibilmente la scissione che c'era nella sua natura. Dopo un più lungo, più tetro discorso, in cui mi aveva parlato della mia sicura rovina, fu capace di concludere all'improvviso con l'esclamazione: « Eppure tutto finisce sempre bene! Dio è un padre! ». Era una frase che ripeteva in genere ogni volta che la faccenda era imbrogliata. Questo nipote di Abramo, l'erede di una benedizione e di una maledizione, leggero in quanto austriaco, malinconico in quanto ebreo, pieno di sentimento, ma fino a quel limite, e non oltre, al di là del quale un sentimento può cominciare a diventare un pericolo, chiaroveggente, nonostante un *pince-nez* vacillante, messo di sbieco sul naso, col passare del tempo mi era diventato caro come un fratello. Spesso capitavo nel suo ufficio, senza motivo, senza bisogno. Sulla sua scrivania c'erano le fotografie dei suoi due figlioli. Il maggiore era caduto in guerra. Il minore studiava medicina. « Ha delle grandi idee sociali per la testa » diceva il vecchio dottor Kiniower. « E come sarebbe invece più importante un farmaco contro il cancro! Ho paura di averlo anch'io, qui dietro, al rene. Visto che mio figlio studia medicina, dovrebbe pensare al suo vecchio padre, non alla salvezza del mondo. Basta coi salvatori! Ma già, lei vuole salvare le arti applicate! La sua signora mamma voleva salvare la patria. Ha investito tutto il suo considerevole patrimonio in prestiti di guerra. Resta solo una ridicola assicurazione sulla vita. La sua mamma s'immagina probabilmente che basti per una vecchiaia serena. Sì e no potrebbe viverci due mesi. Lei non ha un lavoro. Penso che nemmeno lo troverà. D'altra parte se non comincia a guadagnare qualcosa, colerà a picco. Le do un consiglio: ha una casa, vi apra una pensione. Cerchi di farglielo capire alla sua signora mamma. Questa ipoteca non è l'ultima che lei ha messo. Dovrà metterne una terza e una quarta. Mi creda! Dio è un padre! ».

Il signor von Stettenheim veniva spesso da mia madre, di rado si annunciava prima. Mia madre era sempre felice di riceverlo, talvolta addirittura entusiasta. Con stupefatto dolore assistevo allo spettacolo di questa vecchia signora di gusti raffinati e severi che con allegra indulgenza accettava, approvava, lodava e teneva in gran conto le battute grossolane, le espressioni banali, i movimenti irritanti delle mani. Il signor von Stettenheim, per guardare l'ora sul suo orologio da polso, aveva l'abitudine di portarsi la mano sinistra davanti agli occhi dopo aver proteso il braccio con un gesto brusco che faceva trasalire. Io avevo sempre l'impressione che desse un pugno a un suo vicino di sinistra, che per fortuna non esisteva. Quando sollevava la tazzina del caffè usava allungare, come le istitutrici, il dito mignolo della mano destra, per l'appunto il dito al quale portava il suo massiccio anello col blasone, un blasone che aveva l'apparenza di un insetto. Parlava con quella voce gutturale di certi prussiani che sembra uscire più da un camino che da una gola, e che rende vacuo anche ciò che di significativo essi talvolta esprimono.

E proprio quest'uomo piaceva alla mia cara vecchia mamma. « *Charmant!* » lo chiamava.

XXVIII

A poco a poco egli conquistò anche me e senza che sulle prime potessi rendermene conto. Avevo bisogno di lui, avevo bisogno di lui semplicemente a causa di mia madre. Egli stabilì il collegamento fra la nostra casa e Elisabeth. Non potevo più continuare a stare fra le due donne, anzi fra tre, se tenevo conto anche della professoressa. Dacché il signor von Stettenheim aveva incontrato la sorprendente simpatia di mia madre, Elisabeth cominciò a venire di tanto in tanto a casa nostra. Mia madre aveva solo fatto capire che non desiderava vedere la professoressa. Del resto essa si allontanò manifestamente da Elisabeth. Anche questo fu in parte merito del signor von Stettenheim, e anche per questo egli mi conquistò. Mi abituai alle sue maniere imprevedibili (mi facevano trasalire sempre più di rado), al suono della sua voce, che era sempre di due, tre tonalità più alto di quanto non richiedesse l'ampiezza dell'ambiente in cui stava parlando. Era come se non sapesse affatto che esistono ambienti più piccoli e più grandi, una stanza, per esempio, e l'atrio di una stazione. Nel salone di mia madre parlava con quella voce precipitosa, almeno il doppio della velocità normale, con cui parecchie persone semplici usano parlare al telefono. Per la strada urlava addirittura. E siccome si serviva solo di locuzioni vuote di contenuto, la loro risonanza era ancora maggiore. Per diverso tempo mi stupii che mia madre, alla quale ogni suono più forte, ogni rumore superfluo, ogni musica di strada e perfino i concerti all'aperto, procuravano sofferenze fisiche, potesse sopportare e addirittura trovare *charmant* la voce di von Stettenheim. Solo un paio di mesi più tardi, per un caso, potei conoscere la causa di tanta indulgenza.

Una sera arrivai a casa a un'ora insolita. Volevo salutare mia madre, la cercai. La cameriera mi disse che era in biblioteca. La porta della biblioteca, che era attigua al salone, era aperta, non ebbi bisogno di bussare. La vecchia signora evidentemente non sentì il mio saluto. Sulle prime pensai che si fosse addormentata sul libro. D'altronde mi voltava le spalle, era seduta di fronte alla finestra. Mi avvicinai, non dormiva, leggeva e anzi voltò pagina proprio nell'istante in cui mi accostai a lei. « Buona sera, mamma! » dissi. Non alzò lo sguardo. La toccai. Sobbalzò spaventata. « Come mai sei qui? » chiese. « Ho fatto un salto a cercare l'indirizzo di Stiasny, mamma ». « È tanto che non ha più dato notizie di sé. Credo che sia morto ». Il dottor Stiasny era medico della polizia, aveva la mia età, mia madre doveva avermi frainteso. « Intendevo Stiasny » dissi. « Sicuro, credo che sia morto due anni fa. Ma a dir poco aveva già ottant'anni! ». « Dunque è morto! » ripetei – e così seppi che mia madre era quasi sorda. Unicamente grazie alla sua disciplina, a quella straordinaria disciplina che a noi giovani non era più stata imposta dalla fanciullezza in poi, riusciva misteriosamente a trovare la forza di sconfiggere la sua infermità durante quelle ore in cui si aspettava che io fossi a casa, io e gli altri. Nelle lunghe pause di attesa si preparava ad ascoltare. Lei doveva essere ben consapevole che la vecchiaia le aveva assestato uno dei suoi colpi. Presto – pensai – sarà completamente sorda, come il pianoforte senza corde! Anzi, forse già allora, quando in un momento di smarrimento aveva fatto levare le corde, erano vivi in lei il presentimento dell'incombente sordità e il vago timore che presto non avrebbe più potuto percepire esattamente i suoni! Fra tutti i malanni che la vecchiaia poteva elargire, questo, per mia madre, una vera figlia della musica, doveva essere il più grave. In quell'istante essa mi apparve di una grandezza quasi soprannaturale, come rapita in un altro secolo, nell'epoca di un'eroica nobiltà da gran tempo tramontata. Perché è nobile ed eroico dissimulare e rinnegare le infermità.

Per questo dunque apprezzava il signor von Stettenheim. Evidentemente era la persona che capiva meglio e gliene era grata. Le sue banalità non la stancavano. Io la salutai, volevo andare nella mia camera a prendere l'indirizzo di Stiasny. « Posso venire alle otto, mamma? » gridai, ora già con voce alterata. Avevo esagerato un po'. « Da quando gridi così? » domandò. « Vieni pure, ci sono le polpette con le ciliegie, naturalmente farina di grano ».

Cercavo spasmodicamente di scacciare il pensiero della pensione. Mia madre proprietaria di una pensione! Che idea astrusa, assurda anzi! La sua debolezza di udito accresceva ulteriormente la sua dignità. Forse ora non sentiva più i colpetti del suo stesso bastone, nemmeno più il rumore dei propri passi. Capii perché trattava con tanta indulgenza la nostra cameriera, bionda, corpulenta e goffa, che aveva una certa disposizione a fare fracasso non appena si muoveva, una brava, ottusa ragazza del suburbio. Mia madre con dei pensionanti! La nostra casa con innumerevoli campanelli, che già mi trillavano tanto più striduli negli orecchi ora che sapevo come mia madre non sarebbe stata in grado di sentire tutta la loro insolenza. Io dovevo, in certo modo, sentire per tutti e due e per tutti e due essere offeso. – Ma quale altra soluzione poteva esserci? – Il dottor Kiniower aveva ragione. Le arti applicate divoravano un'ipoteca dietro l'altra.

Mia madre non se ne dava pensiero. Dunque io solo avevo, come si usa dire, la responsabilità. Io – e una responsabilità! Non che io fossi vigliacco! No, ero semplicemente inadatto. Non avevo paura della morte, ma avevo paura di un ufficio, di un notaio, del direttore di un ufficio postale. Non ero capace di fare i conti, tutt'al più una somma, se proprio occorreva. Ma una moltiplicazione era già un supplizio. Sì, io e una responsabilità!

Frattanto il signor von Stettenheim, con tutta la sua balordaggine, se la passava tranquillamente. Aveva sempre soldi in tasca, non si faceva mai fare prestiti, al contrario invitava tutti i miei amici. Naturalmente, a nessuno di noi piaceva. Ammutolivamo tutti quando faceva all'improvviso la sua comparsa al caffè. Inoltre aveva l'abitudine di venire ogni settimana con una donna diversa. Le andava a pescare dappertutto, di tutti i tipi: ballerine, cassiere, sarte, modiste, cuoche. Faceva gite, comprava vestiti, giocava a tennis, andava a cavallo al Prater. Una sera, rientrando a casa, me lo trovai davanti faccia a faccia mentre usciva dal nostro portone. Sembrava che avesse fretta, la macchina lo aspettava. « Devo andare! » disse e saltò in macchina.

Elisabeth era seduta accanto a mia madre. Evidentemente era venuta insieme con von Stettenheim. Fiutai qualcosa di strano in casa nostra, era come un odore insolito, singolare. Doveva essere successo qualcosa di imprevisto durante la mia assenza. Le due donne stavano parlando quando entrai nella stanza, ma era quella specie di conversazione forzata che subito mi fece pensare fosse destinata solo a trarmi in inganno.

« Ho incontrato von Stettenheim davanti al portone di casa » cominciai. « Sì, » disse Elisabeth « mi ha accompagnato qui. È stato con noi un quarto d'ora ». « È preoccupato, poveretto! » disse mia madre. « Ha bisogno di denaro? » chiesi. « Proprio così! » rispose Elisabeth. « Oggi è successo un putiferio da noi! Per farla breve: Jolanth ha chiesto del denaro. Si è dovuto darglielo. È la prima volta che chiede del denaro. Perché divorzia. Stettenheim, di questo denaro, ha urgente bisogno. Mio padre, dice, deve fare dei pagamenti in questi giorni. Io ho accompagnato Stettenheim qui ». « Mia madre gli ha dato del denaro? ». « Sì! ». « Contanti? ». « Un assegno! ». « Di quanto? ». « Diecimila! ».

Sapevo, stando al resoconto dell'' ebreo ', che mia madre aveva in deposito presso la banca Ephrussi non più di cinquantamila corone, che si stavano svalutando ogni giorno di più.

Cominciai, cosa che prima non avevo mai osato fare, ad andare su e giù per la stanza davanti agli occhi severi e spaventati di mia madre. Per la prima volta in vita mia osai alzare la voce in sua presenza. Gridavo quasi. E comunque ero proprio furioso.

Tutto il rancore lungamente accumulato verso Stettenheim, verso Jolanth, verso mio suocero mi sopraffece; e non solo, anche il rancore per la mia stessa fragilità. E anche del rancore verso mia madre vi si mescolava, e della gelosia nei confronti di Stettenheim. Per la prima volta ebbi il coraggio di pronunciare davanti a mia madre un'espressione rigorosamente proibita e riservata unicamente al Circolo: « Porco prussiano » dissi. E ne restai sbalordito io stesso.

Mi permisi dell'altro ancora: proibii a mia madre di firmare un'altra volta degli assegni senza il mio consenso. Così pure, senza riprender fiato, proibii a Elisabeth di condurre un'altra volta dalla mia povera mamma una qualunque persona che avesse bisogno di denaro; una qualunque persona piovuta qui dal cielo, dissi letteralmente. E siccome mi conoscevo e sapevo benissimo che solo un paio di volte in tre anni sarei stato in grado di manifestare la mia volontà, la mia avversione, perfino la mia sincera opinione su persone e fatti, m'infuriai scientemente ancora di più. Gridai: « Anche la professoressa non la voglio più vedere! ». E: « Non voglio più sentir parlare di arti applicate. Per mettere tutto in chiaro, Elisabeth, tu ti trasferisci qui, con me ».

Mia madre mi fissava coi suoi grandi occhi tristi. Certo era spaventata non meno che lieta di questa mia improvvisa esplosione. « Anche suo padre era così! » disse a Elisabeth. Oggi lo credo anch'io, può darsi che quella volta fosse mio padre a parlare per bocca mia. Sentivo il bisogno di uscirmene subito di casa.

« Suo padre » continuò mia madre « qualche volta era come una bufera. Quanti piatti ha rotto! Tanti così, quando era in collera! ». Allargò tutte e due le braccia per dare a Elisabeth un'idea della quantità di piatti che mio padre aveva rotto. « Due volte all'anno! » disse mia madre. « Era una malattia, specialmente d'estate; quando andavamo a Ischl e si facevano le valigie. Lui questo non lo sopportava. E il ragazzo lo stesso » aggiunse, sebbene non si fosse mai accorta di me in un periodo in cui si usano fare le valigie.

Avrei voluto prenderla fra le braccia, la povera, vecchia signora che poco per volta stava perdendo l'udito. Era giusto così. Non percepiva più i rumori del presente. Sentiva quelli del passato, i piatti fracassati di mio padre in collera, per esempio. Cominciava anche a perdere la memoria, come per il solito capita spesso a persone d'età che stanno diventando dure d'orecchio. Ed era giusto così. Com'è caritatevole la natura! I malanni che essa regala alla vecchiaia sono una grazia. Oblio ci regala, sordità e occhi deboli, quando si diventa vecchi; un poco di confusione anche, poco prima della morte. Le ombre da cui questa si fa precedere sono fresche e caritatevoli.

XXIX

Mio suocero, come molta gente del suo stampo, aveva speculato sul crollo del franco francese. Era stata una speculazione sbagliata. Delle ' molte frecce al suo arco ' non gliene restò nemmeno una. Anche lo ' Studio-Jolan ' non rendeva assolutamente nulla. Inutili erano tutte le suppellettili giallo-limone. Vani i progetti della professoressa Jolanth Szatmary. A nulla più valevano gli incomprensibili disegni di mia moglie Elisabeth.

Il mio sempre agilissimo suocero perse ogni interesse per le arti applicate. Improvvisamente si dedicò al giornalismo, ed entrò a far parte del cosiddetto « Giornale del lunedì ». Anche qui voleva ' tirarmi dentro '. Dava consigli di borsa, come si dice. Ne ricavava un guadagno. Della nostra casa ci restava, detratte le ipoteche, appena un terzo. E quando fu introdotta la nuova moneta, si scoprì che del deposito di mia madre alla banca Ephrussi non erano rimasti che un paio di migliaia di scellini.

Il primo a sparire dal nostro mondo fu il signor

von Stettenheim. ‘ Alzò i tacchi ’, un’espressione che egli aveva usato così spesso e volentieri. Non scrisse nemmeno una lettera d’addio. Telegrafò soltanto: « Appuntamento urgente. Ritorno presto. Stettenheim ». La professoressa Jolanth Szatmary fu quella che resse più di tutti. Da settimane ormai il famoso atelier coi mobili giallo-limone era affittato alla Irak s.r.l., che commerciava in tappeti persiani. Da settimane ormai mio suocero era in procinto di vendere la sua casa al Comune di Vienna. Mezzo mondo era cambiato, ma la signora Jolanth Szatmary restava dov’era: all’Hotel Regina. Era decisa a non rinunciare a una sola delle sue abitudini, dei suoi usi e costumi. Continuava tuttora a fare i suoi schizzi. Il suo divorzio aveva avuto buon esito: il marito le versava una quota mensile. Spesso parlava di andare a San Francisco. L’attiravano gli altri continenti, l’Europa, secondo lei, era ‘ spacciata ’. Però non se n’andava. Non cedeva. Qualche volta mi appariva in incubi notturni. Sì, in incubi notturni mi appariva come una specie di femmina diabolica, destinata a distruggere la vita di Elisabeth e la mia. Perché restava ancora? A che scopo continuava a fare i suoi schizzi? Per quale motivo Elisabeth andava regolarmente da lei tutti i giorni? In albergo, per ritirare degli inutili schizzi, non più, mai più utilizzabili?

« È come se fossi caduta in una buca! » mi confessò un giorno Elisabeth. « Io ti amo! » disse. « Quella donna non mi lascia libera; non so che cosa abbia in mente ». « Andiamo a parlare con mia madre! » dissi. Andammo a casa mia, nella nostra casa.

Era già tardi, ma mia madre era ancora sveglia. « Mamma, » dissi « ho portato Elisabeth ». « Bene! » disse mia madre. « Non ha che da restare! ».

Per la prima volta amai Elisabeth nella mia camera, sotto il nostro tetto. Fu come se la mia casa paterna esaltasse il nostro amore, come se lo benedicesse. Sempre conserverò il ricordo di quella notte, una vera notte di nozze, l'unica notte di nozze della mia vita. « Voglio un figlio tuo » disse Elisabeth, già mezzo addormentata. La considerai una normale espressione di tenerezza. Ma la mattina quando si svegliò – e si svegliò per prima –, mi buttò le braccia al collo ed entrando subito nel merito con un tono sbrigativo che poteva quasi offendere, mi disse: « Io sono tua moglie, voglio essere incinta di te, voglio liberarmi di Jolanth, mi fa schifo, voglio un bambino ».

Da quella mattina Elisabeth rimase a casa nostra. La professoressa Jolanth Szatmary si fece ancora viva con una breve lettera di congedo. Non andò a San Francisco, come aveva minacciato, bensì a Budapest, che doveva essere la sua città. « Dov'è andata a finire la professoressa Keczkemet? » chiedeva di tanto in tanto mia madre. « A Budapest, mamma! ». « Tornerà ancora! » profetizzava mia madre. Era destino che mia madre avesse ragione.

Ora abitavamo tutti nella stessa casa e andava abbastanza bene. Mia madre mi fece perfino la cortesia di astenersi dalle sue malignità. Non parlava più dell'" ebreo ', ma del dottor Kiniower, come sempre in passato. Questi sosteneva ostinatamente la sua idea: dovevamo aprire una pensione. Era uno di quegli uomini cosiddetti pratici che sono incapaci di rinunciare a un'idea cosiddetta fertile, quand'anche le persone siano inadatte a realizzarla. Era un realista, ossia di una ostinazione non minore di quella che si usava attribuire solo ai visionari. Non vedeva nient'altro che i vantaggi di un progetto; e viveva nella convinzione che tutti gli uomini, non importa di quale indole, fossero allo stesso modo in grado di realizzare progetti vantaggiosi. Era come se un sarto, per esempio, avesse fabbricato della mobilia... senza tener conto delle dimensioni delle case, delle porte, delle stanze. Così noi aprimmo una pensione. Con lo zelo di un esaltato che vuole ottenere il brevetto di una delle sue invenzioni, il dottor Kiniower si prodigò per farci avere la licenza che ci serviva. « Lei ha tanti amici! » mi disse. « In tutto ha dodici stanze da affittare. Alla sua signora mamma ne restano due. A lei e a sua moglie quattro. Non ha che da procurarsi una cameriera, un telefono, otto letti e dei campanelli ». E prima ancora che potessimo rifiatare, portò cameriera, telefono, installatori, letti a nolo. Bisognava anche trovare dei pigionanti. Chojnicki, Stejskal, Halasz, Grünberger, Dworak, Szechenyi, Hallersberg, Lichtenthal, Strohhofer: erano tutti diventati, per così dire, dei senzatetto. Li portai nella nostra pensione.

L'unico che pagò la pigione fin dall'inizio fu il barone Hallersberg. Figlio di un grosso fabbricante di zucchero della Moravia, egli coltivava il lusso, assolutamente estraneo alla nostra cerchia, della meticolosità. Non chiedeva prestiti, né dava nulla in prestito. Impeccabilmente spazzolato, stirato, lisciato viveva in mezzo a noi, intimo con noi, tollerato da noi per la sua mitezza, per le sue maniere discrete e la sua assoluta mancanza di spirito. « La nostra fabbrica sta attraversando ora un brutto periodo » diceva per esempio. E subito dopo cominciava a calcolare con carta e penna alla mano le preoccupazioni di suo padre. Si aspettava che anche noi facessimo una faccia preoccupata, e noi gli rendevamo il servigio. « Devo limitarmi nelle spese » diceva allora di solito.

E così era, nella nostra pensione egli si limitava nelle spese. Pagava prontamente e tutto in anticipo. Aveva paura dei debiti, dei conti – « si ammucchiano » amava dire –, e di noi tutti aveva scarsa stima, perché permettevamo che si « ammucchiassero ». Però ci invidiava nello stesso tempo questa capacità di lasciarli « ammucchiare ». Meglio di tutti noi ci riusciva Chojnicki. E lui era infatti quello che Hallersberg invidiava di più.

Con mia grande sorpresa mia madre era entusiasta di questa nostra ' pensione '. Evidcntemente la rallegrava vedere le nostre stanze brulicare di installatori vestiti di blu, sentire campanelli che trillavano e voci squillanti, allegre. Evidentemente le pareva di iniziare una nuova vita, di ricominciare, per così dire, tutto daccapo. A passi vivaci, arzilla sul bastone, attraversava le stanze, saliva e scendeva i tre piani della nostra casa. La sua voce era gaia e squillante. Non l'avevo mai vista così.

La sera si addormentava qualche volta nella sua poltrona a braccioli. Il bastone giaceva ai suoi piedi, come un cane fedele.

Ma « la pensione marciava » – come diceva Kiniower.

XXX

Dormivo dunque nella nostra casa, a fianco di mia moglie. Ben presto si scoprì che essa possedeva, come si dice, spiccate attitudini domestiche. Era addirittura ossessionata, come molte donne, dalla smania dell'ordine e della pulizia. A questa fatale vocazione si accompagnava anche la gelosia. Allora seppi per la prima volta perché le donne amano case e stanze più dei loro mariti. Per prima cosa, le donne preparano il nido per la discendenza. Con inconscia malizia avviluppano l'uomo in una rete inestricabile di piccoli doveri quotidiani, ai quali egli non sfuggirà più. Dormivo dunque nella nostra casa, a fianco di mia moglie. Era la mia casa. Era mia moglie. Sì, il letto diventa una casa segreta dentro la casa in vista, la casa palese, e la donna che lì ci aspetta la si ama semplicemente perché è lì disponibile. È lì e disponibile, a ogni ora della notte, in qualunque momento si torni a casa. Di conseguenza la si ama. Si ama ciò che è sicuro. Si ama in ispecie ciò che aspetta, ciò che pazienta.

Ora avevamo in casa nostra dieci apparecchi telefonici e una dozzina circa di campanelli. Una mezza dozzina di uomini in camiciotto blu lavoravano alle nostre condutture dell'acqua. Per tutte le installazioni e per il riattamento della nostra casa i soldi li anticipava il dottor Kiniower. Per mia madre, da un pezzo, non era più ' l'ebreo ' e basta. Era stato promosso a ' brav'uomo '.

In autunno ricevemmo una visita inaspettata: era mio cugino Joseph Branco. Capitò di mattina, esattamente come la prima volta, e come se nel frattempo non fosse successo assolutamente nulla; come se non avessimo superato una guerra mondiale; come se non fosse stato prigioniero insieme con Manes Reisiger e con me, poi da Baranovitsch e in seguito al campo; come se il nostro paese non fosse andato in sfacelo: così arrivò, mio cugino, il caldarrostaio, con le sue castagne, il suo mulo, nero di capelli e di baffi, bruno in viso eppure splendente, dorato come un sole. Joseph Branco era arrivato qui come ogni anno e come se non fosse successo nulla, per vendere le sue caldarroste. Suo figlio era vispo e sano. Andava a scuola a Dubrovnik. La sorella era felicemente sposata. Il cognato, stranamente, non era morto in guerra. Avevano due figli, due maschi: gemelli; e tutti e due, per semplicità, si chiamavano Branco.

Chiesi che cosa ne era di Manes Reisiger. « Ecco, vedi, non è facile » rispose mio cugino Joseph Branco. « Aspetta da basso, non è voluto salire su con me ».

Scesi di corsa a chiamarlo. Non lo riconobbi subito: aveva una barba canuta, incolta. Sembrava l'inverno, così come viene raffigurato in primitivi libri di fiabe. Gli chiesi perché non era salito subito. « È un anno ormai » rispose « che volevo farle visita, signor tenente. Sono stato in Polonia, a Zlotogrod. Volevo tornare a essere il vetturino Manes Reisiger. Ma che cos'è il mondo, che cosa una cittadina, un uomo, e un vetturino poi, di fronte a Dio? Dio ha sconvolto il mondo, la cittadina di Zlotogrod l'ha annientata. Croco e pratoline crescono là dove un tempo erano le nostre case, e anche mia moglie è morta ormai. Una granata l'ha dilaniata; come anche altri abitanti di Zlotogrod. Così sono ritornato a Vienna. Qui almeno c'è mio figlio Ephraim ».

Sì, certo! Suo figlio Ephraim! Mi ricordavo benissimo del ragazzo prodigio e di come Chojnicki l'aveva introdotto al Conservatorio. « Che cosa fa ora? » chiesi a Manes, il vetturino.

« Il mio Ephraim è un genio » rispose il vecchio vetturino. « Non suona più! Non gli serve, dice. È comunista. Redattore della " Rote Fahne ". Scrive degli splendidi articoli. Eccoli qui ».

Andammo nella mia camera. Il vetturino Manes Reisiger aveva in tasca tutti gli articoli del suo geniale figliolo, un fascio considerevole. Pretese che glieli leggessi. Li lessi uno dopo l'altro a voce alta. Elisabeth uscì dalla camera, più tardi si radunarono da me, come sempre ogni pomeriggio, anche i nostri pensionanti, i miei amici. « Veramente, non posso restare a Vienna » disse Manes Reisiger. « Mi è stato proibito il soggiorno qui ». La sua barba spiegò le ali, il suo viso era raggiante. « Mio figlio Ephraim mi ha procurato un passaporto falso. Eccolo qui ». E mostrò il suo passaporto austriaco falso, si passò la mano sulla barba e disse: « Illegale! » guardandosi fiero intorno.

« Mio figlio Ephraim » riprese a dire « non ha più bisogno di suonare. Sarà ministro quando verrà la rivoluzione ».

Era così convinto che la rivoluzione mondiale sarebbe venuta come del fatto che ogni settimana nel calendario c'è stampata in rosso una domenica.

« Quest'anno le castagne hanno fatto cattiva riuscita » disse mio cugino Joseph Branco. « Molte sono anche bacate. Ora vendo più le mele al forno che le caldarroste ».

« Ma come avete fatto a cavarvela? » chiesi.

« Con l'aiuto di Dio! » rispose il vetturino Manes Reisiger. « Abbiamo avuto la fortuna di ammazzare un caporale russo. Joseph Branco gli ha fatto lo sgambetto e gli ha sbattuto una pietra sulla testa. Poi io mi misi la sua uniforme, presi il suo fucile e portai Joseph Branco fino a Shmerinka. E lì c'era l'esercito di occupazione, Branco si presentò subito. Lui ha dovuto anche combattere. Io sono rimasto, in borghese, a casa di un bravo ebreo. Branco ha avuto l'indirizzo, e come è finita la guerra, è venuto da me ».

« Che meraviglia di esercito! » esclamò Chojnicki, che era entrato in quel momento nella camera per bere, come ogni giorno, il caffè insieme con me. « E che ne è di suo figlio Ephraim, il musicista? ».

« La musica non gli serve più, » rispose Manes Reisiger, il vetturino « fa la rivoluzione ».

« Già, non è il primo » disse Chojnicki. « Per carità, non creda che io abbia qualcosa in contrario! Ma le rivoluzioni di oggi hanno un difetto: non riescono. Suo figlio Ephraim forse avrebbe fatto meglio a restarsene con la musica! ».

« Ora c'è bisogno di un visto speciale per ogni paese! » disse mio cugino Joseph Branco. « In vita mia non ho mai veduto niente di simile. Ogni anno ho sempre potuto vendere dappertutto: in Boemia, in Moravia, in Slesia, in Galizia » ed enumerò tutti i vecchi, perduti, paesi della Corona. « E ora tutto è proibito. E dire che ho un passaporto. Con la fotografia ». Tirò fuori dalla tasca della giacca il suo passaporto e tenendolo alto lo mostrò in giro.

« Questo è solo un caldarrostaio, » disse Chojnicki « ma vedete? È addirittura un mestiere simbolico. Simbolico per la vecchia monarchia. Questo signore ha venduto le sue castagne ovunque, in metà dell'Europa si può dire. Dappertutto, ovunque si mangiassero le sue caldarroste, era Austria, governava Francesco Giuseppe. Oggi niente più caldarroste senza visto. Che razza di mondo! Me ne infischio della vostra pensione. Io vado a Steinhof, da mio fratello! ».

Arrivava mia madre, si sentivano già i colpi secchi del suo bastone sulla scala. Riteneva opportuno fare la sua comparsa nella nostra camera ogni giorno alle cinque in punto. Finora nemmeno uno dei nostri pensionanti aveva pagato qualcosa. Una volta Chojnicki, un'altra volta Szechenyi, avevano fatto un timido tentativo di chiedere il conto. Mia madre, per tutta risposta, aveva detto che i conti li faceva il portiere. Ma non era esatto. In verità, il compito era di Elisabeth. Riceveva denaro da questo e da quello, come capitava, e provvedeva alle nostre spese, come capitava. I campanelli squillavano tutto il santo giorno. Ormai avevamo due cameriere. Correvano su e giù per i tre piani come scoiattoli. Ovunque, nel quartiere, godevamo di credito.

Mia madre si rallegrava dei campanelli, che riusciva ancora a sentire, del rumore che facevano i nostri ospiti e del credito che la sua casa godeva. Non sapeva, la povera vecchia signora, che ormai era tutt'altro che casa sua. Credeva ancora che fosse sua perché nella nostra camera si faceva silenzio quando lei scendeva, coi suoi capelli bianchi e il suo bastone nero. Quel giorno riconobbe Joseph Branco e salutò anche Manes Reisiger. Dacché avevamo aperto la pensione si era fatta, per lo più, affabile. Avrebbe dato il benvenuto anche a degli sconosciuti. Il guaio era che diventava sempre più sorda e che questa infermità sembrava farle perdere lentamente il ben dell'intelletto, e non già perché l'infermità l'affliggesse, bensì perché si comportava come se non le procurasse alcun disagio, perché la rinnegava.

XXXI

L'anno seguente, in aprile, Elisabeth ebbe un bambino. Non lo mise al mondo in clinica. Mia madre volle, pretese, ordinò che partorisse in casa.

Io avevo generato, voluto, preteso, ordinato questo figlio. Elisabeth l'aveva desiderato. A quel tempo amavo Elisabeth e dunque ero geloso. Io non potevo altrimenti rimuovere o cancellare la professoressa Jolanth Szatmary dal ricordo di Elisabeth – così mi figuravo allora – se non generando un figlio: la prova visibile della mia superiorità. Dimenticata e cancellata fu la professoressa Jolanth Szatmary. Ma anch'io, il vecchio Trotta, fui mezzo dimenticato e mezzo cancellato.

Non ero più il Trotta, ero il padre di mio figlio. Al battesimo lo chiamai Francesco Giuseppe Eugenio.

Posso dire d'essermi totalmente trasformato dal momento in cui nacque mio figlio. Chojnicki e tutti gli amici che abitavano nella nostra pensione mi aspettavano nella mia camera, a pianterreno, così eccitati come se fossero loro in procinto di diventare padri. Il bambino venne al mondo alle quattro di mattina. Mia madre mi dette l'annuncio.

Era mio figlio, un essere paonazzo, brutto, con la testa troppo grossa e le membra che facevano pensare a delle pinne. Quest'essere strillava senza requie. Immediatamente, mi affezionai a lui, a questo essere disceso dai miei lombi, e nemmeno potei sottrarmi al banale orgoglio di aver generato un figlio e non una figlia. Anzi, mi chinai, per vedere meglio, sul suo minuscolo sesso, che aveva l'aspetto di una piccola virgola rossa. Non c'era dubbio: era mio figlio. Non c'era dubbio: ero suo padre.

Sono esistiti milioni e miliardi di padri, dacché esiste il mondo. Io ero uno fra miliardi. Ma nell'istante in cui potei prendere fra le braccia mio figlio, provai un lontano riflesso di quella ineffabile sublime beatitudine che dovette colmare il Creatore il sesto giorno, quando Egli vide la sua opera imperfetta pur tuttavia compiuta. Mentre tenevo fra le mie braccia quella cosina minuscola, urlante, brutta e paonazza, sentivo chiaramente quale mutamento stava avvenendo in me. Per piccola, brutta e rossastra che fosse la cosa fra le mie braccia, da essa emanava una forza indicibile. E più: era come se in questo povero tenero corpicino si fosse accumulata tutta la mia forza, come se tenessi in mano me stesso e il meglio di me.

L'istinto materno delle donne non ha limiti. Mia madre accolse il nipote appena arrivato come se l'avesse portato in grembo lei stessa e su Elisabeth trasferì quel che ancora le restava della sua capacità di amare. Soltanto ora che aveva avuto un figlio mio, dei miei lombi, lei era diventata sua figlia. In realtà Elisabeth non fu mai niente più che la madre di suo nipote.

Sembrava che avesse atteso proprio questo nipote per prepararsi a morire. Cominciò a morire, posso ben dirlo, lentamente, come lento era stato il tempo della sua vita. Un pomeriggio non fece la sua consueta comparsa nella nostra camera al pianterreno. Una delle due cameriere riferì che mia madre aveva mal di testa. Non era mal di testa: mia madre aveva avuto un colpo apoplettico. Era paralizzata dalla parte destra.

Così, per anni, restò per noi tutti un amato fardello, fedelmente custodito. Eppure ogni giorno era ancora per me una gioia il ritrovarla in vita la mattina. Era una vecchia signora, come poteva morire facilmente!

Mio figlio, suo nipote, glielo portavamo ogni giorno. Lei balbettava soltanto: « Piccolo ». Era paralizzata dalla parte destra.

XXXII

Un fardello fedelmente custodito, amato, era mia madre per me. In vita mia non avevo mai sentito attitudine per qualsivoglia professione, ora finalmente ne avevo due: ero un figlio, ed ero un padre. Per ore sedevo accanto a mia madre. Dovemmo assumere un infermiere, la vecchia signora era molto pesante. Tutti i giorni bisognava trasportarla nella sala, a tavola. Metterla a sedere era già una fatica. Talvolta mi chiedeva anche di spingerla in giro per le stanze. Voleva vedere e sentire. Da quando era malata le sembrava di lasciarsi sfuggire molte cose, tutto. Aveva l'occhio destro mezzo chiuso. Quando apriva la bocca, era come se la metà destra delle labbra fosse serrata da un morsetto di ferro. Del resto, poteva proferire solo singole parole staccate, per lo più sostantivi. Talvolta si aveva quasi l'impressione che custodisse gelosamente il proprio lessico.

Non appena lasciavo mia madre, andavo nella camera di mio figlio. Elisabeth, nei primi mesi una madre piena di abnegazione, a poco per volta si allontanò da nostro figlio. Francesco Giuseppe Eugenio l'avevo battezzato, ma per me e con Elisabeth lo chiamavo Geni. Col tempo Elisabeth cominciò a uscire di casa spesso e senza motivo. Io non sapevo dove andava – e nemmeno glielo domandavo. Andava, che andasse! Anzi, stavo bene quando restavo solo, senza di lei, col mio bambino. « Geni! » chiamavo – e il suo visetto rotondo, bruno, s'illuminava. Diventai sempre più geloso. Non mi bastava affatto averlo generato, avrei voluto anche averlo portato in grembo e partorito. Camminava carponi per la stanza, lesto come uno scoiattolo. Già era uomo – e ancora animale, e ancora angelo. Ogni giorno, ogni ora, anzi, mi accorgevo dei suoi mutamenti. I suoi riccioli castani diventarono più fitti, più intenso il fulgore dei suoi grandi occhi grigio-chiari, le ciglia più folte e più nere, perfino le manine acquistarono la loro particolare fisionomia, i ditini diventarono affusolati e robusti. Le labbra si muovevano sempre più eccitate e sempre più svelta balbettava la piccola lingua, in modo sempre più comprensibile. Vidi spuntare i primi dentini, sentii la prima risata consapevole di Geni, ero là quando per la prima volta cominciò a camminare, verso la finestra, verso la luce, incontro al sole, con uno slancio improvviso, come per una repentina ispirazione; più che un atto fisiologico era un'idea coattiva. Dio stesso gli aveva donato l'idea che l'uomo può camminare eretto. Ed ecco là: il mio bambino camminava eretto.

Per diverso tempo non seppi dove Elisabeth passasse ore e talvolta giorni interi. Spesso parlava di un'amica, di una sarta, di un club di bridge. I nostri pensionanti pagavano poco e di rado, a eccezione di Hallersberg. Quando Chojnicki, per un qualche caso, riceveva del denaro dalla Polonia, pagava subito l'affitto per tre, quattro pensionanti. Il nostro credito nel quartiere era illimitato. Nei conti io non ci raccapezzavo nulla, Elisabeth sosteneva di tenere lei l'amministrazione. Ma un giorno, durante la sua assenza, vennero il macellaio, il fornaio, il droghiere, tutti creditori che mi chiedevano soldi. Io avevo solo il denaro per le mie spese minute, Elisabeth era solita lasciarmi ogni giorno, prima di uscire di casa, un paio di monete sonanti. A volte non ci vedevamo per giorni interi. Io andavo coi nostri amici al caffè Wimmerl. Fra i compiti di Chojnicki c'era quello di leggere i giornali, di tenere relazioni sulla politica. Tutte le domeniche andava a Steinhof, a trovare il fratello pazzo. Con lui parlava di politica. Ci raccontava: « Nelle sue faccende private il mio povero fratello è matto da legare » diceva Chojnicki. « Per quel che riguarda la politica, non ce n'è un altro che sia così avveduto come lui. Oggi per esempio mi ha detto: l'Austria non è uno Stato, non è una patria, non è una nazione. È una religione. Il partito clericale e tutti i clericali cretini, che ora sono al governo, fanno di noi una cosiddetta nazione; di noi che siamo una supernazione, l'unica supernazione che sia esistita al mondo. Fratello mio, – mi ha detto mio fratello mettendomi una mano sulla spalla – noi siamo polacchi, a quel che ho sentito. Lo siamo sempre stati. Perché non dovremmo? E siamo austriaci: perché non dovremmo esserlo? Ma gli ideologi provvedono con una delle loro cretinerie. I socialdemocratici hanno proclamato che l'Austria è parte costitutiva della repubblica tedesca; del resto, sono soprattutto loro gli schifosi inventori delle cosiddette nazionalità. I cristiani cretini delle Alpi vanno dietro ai socialdemocratici. Sui monti alberga la stupidità, te lo dico io, Josef Chojnicki. E pensare » continuò il suo racconto il fratello di Chojnicki « che quest'uomo è pazzo! Io sono convinto che non lo è affatto. Senza il crollo della monarchia non sarebbe affatto diventato pazzo! » così egli concluse il suo racconto. Noi tacevamo dopo discorsi del genere. Sul nostro tavolo gravava un silenzio soffocante che non veniva da dentro di noi ma scendeva dall'alto. Noi non piangevamo la nostra patria perduta, la passavamo per così dire sotto silenzio. Qualche volta, a un tratto, senza che ci fossimo accordati, cominciavamo a cantare vecchie canzoni militari. Vivi eravamo e presenti in carne e ossa. Ma in realtà eravamo morti.

Un giorno accompagnai Chojnicki a Steinhof per la visita settimanale a suo fratello. Il pazzo Chojnicki passeggiava nel cortile, viveva nel reparto di isolamento sebbene non presentasse alcuna tendenza a qualsivoglia forma di violenza. Non riconobbe suo fratello. Ma quando dissi il mio nome, Trotta, riacquistò subito la sua lucidità. « Trotta » disse. « Suo padre è stato qui una settimana fa. Il vecchio sottoprefetto Trotta. Il mio amico, il sottotenente Trotta, è caduto a Krasne-Busk. Io voglio bene a tutti voi! A tutti, tutti i Trotta ». E mi abbracciò. « La mia residenza è Steinhof » proseguì. « Da ora in poi, dacché io abito qui, è la città capitale e la residenza imperiale dell'Austria. Io conservo qui la corona. Ho piena facoltà di farlo. Mio zio Ledochowski soleva dire: questo piccolo Josef sarà un grand'uomo. Ora lo sono. Ha avuto ragione ».

Chojnicki cominciò poi a farfugliare cose incomprensibili. Chiese la sua calza. Da quando era al manicomio lavorava a maglia con instancabile zelo. « Lavoro alla monarchia » diceva di tanto in tanto.

Quando feci il tentativo di prendere commiato da lui, disse: « Non ho l'onore di conoscerla ». « Mi chiamo Trotta » dissi. « Trotta » replicò « era l'eroe di Solferino. Ha salvato la vita all'imperatore Francesco Giuseppe. Trotta è già morto da molto tempo. Ho l'impressione che lei sia un imbroglione ».

Quello stesso giorno seppi anche perché mia moglie stava fuori di casa così a lungo e così spesso, perché lasciava soli nostro figlio e la mia povera mamma paralizzata. Quando arrivai a casa, infatti, vi incontrai le due uniche persone che veramente odiavo: la professoressa Jolanth Szatmary e il signor Kurt von Stettenheim.

Venne fuori che erano tornati a Vienna già da alcune settimane. Venne fuori che avevano lasciato perdere le arti applicate. Oramai, erano tutti presi dal cinema; Alexander Rabinowitsch – « il famoso Rabinowitsch, lei non lo conosce? » –, raccontò il signor von Stettenheim, aveva fondato una ' ditta ' a Vienna; daccapo una ditta! Venne fuori che Elisabeth non voleva assolutamente continuare a fare la mamma: voleva a tutti i costi diventare un'attrice. Il cinema la chiamava, e lei si sentiva la vocazione del cinema.

Un giorno sparì difatti, e mi lasciò la lettera che segue:

« Mio caro marito, tua madre mi odia e tu non mi ami. Io mi sento una vocazione. Vado con Jolanth e Stettenheim. Perdonami. Il richiamo dell'arte è potente. – Elisabeth ».

Questa lettera, la mostrai alla mia mamma paralizzata. La lesse due volte. Poi mi prese la testa nella mano sinistra ancora sana e disse: « Ragazzo!... R-r-ragazzo!... » disse. Fu come se si congratulasse con me e allo stesso tempo mi compiangesse.

Chissà le molte cose sagge che avrebbe detto se non fosse stata paralizzata.

Mio figlio non aveva più mamma. La mamma di mio figlio era a Hollywood, faceva l'attrice. La nonna di mio figlio era paralitica.

Morì in febbraio.

XXXIII

I primi del mese di febbraio morì mia madre. Morì così come era vissuta: con signorilità e in silenzio. Al prete che era venuto a darle l'estrema unzione disse: « Si sbrighi, reverendo! Il buon Dio non ha tanto tempo come la chiesa qualche volta si figura ». Il prete si sbrigò infatti. Poi mia madre mi mandò a chiamare. Non balbettava più. Parlava speditamente, come ai vecchi tempi, come se la sua lingua non fosse mai stata impedita. « Se mai tu rivedessi Elisabeth, » così mi disse « ma io credo che non succederà, dìlle che non l'ho mai potuta soffrire. Io muoio, ma non ho alcuna stima di quelle pie persone che in punto di morte mentono e diventano magnanime. Ora portami tuo figlio, perché lo veda ancora una volta ».

Scesi giù a prendere mio figlio, era grande ormai e abbastanza pesante, fui lieto del suo peso, mentre lo portavo su per la scala. Mia madre lo abbracciò, lo baciò e me lo ridette.

« Mandalo via, » disse « via, lontano! Non deve

crescere qui. Va' via! » aggiunse. « Voglio morire da sola ».

Morì quella notte stessa, era la notte della rivoluzione. Gli spari echeggiavano per la città avvolta nelle tenebre e, a cena, Chojnicki ci riferì che il governo sparava sui lavoratori. « Questo Dollfuss » così disse Chojnicki « vuole assassinare il proletariato. Che Dio mi perdoni: io non lo posso soffrire. È destinato a scavarsi la fossa con le sue stesse mani. Non si è mai vista una cosa simile!... ».

Quando mia madre fu seppellita, al Cimitero Centrale, seconda porta, in città si sparava ancora. Tutti i miei amici, vale a dire tutti i nostri pensionanti, accompagnarono mia madre e me. Grandinava, proprio come quella notte che ero tornato a casa. Era la stessa pioggia maligna e granulosa.

Seppellimmo mia madre alle dieci di mattina.

Quando uscimmo dalla seconda porta del Cimitero Centrale, scorsi Manes Reisiger. Veniva con passo grave dietro a una bara e io, senza fargli domande, mi accompagnai a lui. La bara fu avviata alla terza porta, nel settore riservato agli ebrei.

Stavo davanti alla fossa aperta. Quando il rabbino ebbe detto la sua preghiera, si fece avanti Manes Reisiger e disse: « Dio me lo ha dato, Dio me lo ha ripreso, lodato sia il Suo nome in eterno. Il ministro ha versato sangue e anche il suo sangue sarà versato. Scorrerà come un fiume impetuoso ». Si cercò di trattenere Manes Reisiger, ma egli proseguì con voce potente: « Chi uccide » così disse « sarà ucciso. Dio è grande e giusto ». A questo punto crollò. Lo portammo in disparte, mentre il suo dotatissimo figlio Ephraim veniva sepolto. Era un ribelle, aveva sparato ed era stato ucciso.

Joseph Branco si faceva vedere ancora, di quando in quando, a casa nostra. Non aveva ormai altro interesse all'infuori dei suoi marroni. Quell'anno erano guasti, mangiati dai vermi, e lui, Joseph Branco, poteva solo vendere mele al forno.

Io vendetti la casa. Mantenni solo la pensione.

Fu come se la morte di mia madre avesse cacciato tutti i miei amici da casa nostra. Se ne andarono, uno dopo l'altro. Ormai ci incontravamo solo al caffè Wimmerl.

Mio figlio soltanto viveva ancora, per me. « Chi uccide » aveva detto Manes Reisiger « sarà ucciso ».

Non mi curai più del mondo. Mio figlio lo mandai dal mio amico Laveraville a Parigi.

Restai solo, solo, solo.

Andavo alla Cripta dei Cappuccini.

XXXIV

Anche venerdì non vedevo l'ora che arrivasse la mia amata sera, nella quale soltanto mi sentivo a casa da quando non avevo più né casa né famiglia. Aspettavo dunque, come di consueto, di abbandonarmi alla sua protezione, che da noi a Vienna era più benevola del silenzio delle notti, dopo la chiusura dei caffè, non appena i lampioni intristivano, stanchi del vano risplendere. Agognavano il mattino indolente e il loro stesso estinguersi. Sì, erano sempre stanchi, i lampioni sfiniti dalla veglia, che volevano il mattino per potersi addormentare.

Ahimè, spesso rammentavo come essi avevano inargentato le notti della mia giovinezza, benigni figli e figlie del cielo, soli e stelle spontaneamente volati giù a illuminare la città di Vienna. Le gonne delle ragazze di piacere nella Kärntnerstrasse arrivavano ancora fino alle caviglie. Quando pioveva, queste dolci creature alzavano le vesti e io vedevo i loro eccitanti stivaletti abbottonati. Allora entravo al Sacher, a trovare il mio amico Sternberg. Sedeva nel palchetto, sempre nello stesso, era l'ultimo cliente. Io passavo a prenderlo. Avremmo dovuto infatti andare a casa insieme, ma eravamo giovani e giovane era anche la notte (quantunque già avanzata), e giovani erano le ragazze di strada, specialmente quelle in là cogli anni, e giovani erano i lampioni...

Passavamo dunque, per così dire, attraverso la nostra propria giovinezza e la notte giovane. Le case nelle quali abitavamo ci sembravano sepolcri o, nel migliore dei casi, asili. Le guardie notturne ci facevano il saluto, il conte Sternberg dava loro sigarette. Spesso andavamo in pattuglia insieme coi poliziotti, camminando nel mezzo delle strade deserte e squallide, e talvolta ci accompagnava una di quelle dolci creature e il suo passo era ben diverso che sul consueto marciapiede. Allora i lampioni erano più radi e anche più modesti; ma siccome erano giovani, brillavano più intensi e alcuni si cullavano allegri nel vento...

Poi, da quando ero tornato dalla guerra, non soltanto più vecchio, ma vecchio decrepito, le notti di Vienna erano piene di rughe e avvizzite, simili a nere donne in là cogli anni, e la sera non si abbandonava in loro come un tempo, ma le schivava, impallidiva e si dileguava prima ancora che sopraggiungessero. Queste sere, frettolose e quasi intimorite, bisognava cercare di afferrarle prima che si accingessero a scomparire, e io le raggiungevo di preferenza nei parchi, nel Volksgarten o al Prater, e il loro ultimo, più dolce residuo in un certo caffè in cui usavano insinuarsi, morbide e lievi come un profumo.

Dunque, anche quella sera andai al caffè Lindhammer e mi comportai come se non fossi affatto eccitato come gli altri. Non mi consideravo forse da tempo ormai, da quando ero tornato dalla guerra, uno che era vivo per errore? Non mi ero forse abituato ormai da lungo tempo a osservare tutti gli avvenimenti che i giornali definiscono ' storici ' con lo sguardo spassionato di uno che non appartiene più a questo mondo? Era già un bel pezzo che la morte mi aveva mandato in congedo a tempo indeterminato! Ed essa, la morte, a ogni istante poteva interrompere il mio congedo. Come potevano riguardarmi ancora le cose di questo mondo?...

Tuttavia mi preoccupavano e specialmente quel venerdì. Fu come se si trattasse di decidere se io, un pensionato dalla vita, potevo continuare a consumare in pace la mia pensione, come fino allora, in una pace amara; o se anche questa mi doveva esser tolta, questa povera pace amara: la rinuncia, si potrebbe dire, che io ero avvezzo a chiamare ' pace '. Così che, spesso negli ultimi anni, quando l'uno o l'altro dei miei amici veniva da me per dirmi che era finalmente arrivato il momento che io mi occupassi della storia del nostro paese, dicevo, certo, la solita frase: « Lasciatemi in pace! », ma sapevo benissimo che in realtà avrei dovuto dire: « Lasciatemi alla mia rinuncia! ». La mia cara rinuncia! Anche quella adesso è perduta! Ha preso la via dei miei desideri rimasti inappagati...

Andai dunque a sedermi al caffè e mentre gli amici al mio tavolo continuavano a parlare delle loro faccende private, io, che per un destino non meno inesorabile che clemente vedevo esclusa ogni possibilità di un mio interesse privato, sentivo ormai solo quello generale, che in vita mia mi era importato così poco, che in vita mia ero stato solito sfuggire...

Erano settimane ormai che non leggevo più un giornale e i discorsi dei miei amici che sembravano vivere dei giornali, addirittura essere tenuti in vita da notizie e dicerie, erano al mio orecchio un mormorio fuggevole che lasciava il tempo che trovava, come le onde del Danubio se qualche volta restavo seduto sul lungofiume Franz-Joseph o sulla Elisabeth-Promenade. Io ero escluso; escluso ero. Escluso in mezzo ai vivi significa qualcosa come: extraterritoriale. Ero appunto un extraterritoriale in mezzo ai vivi.

E anche l'eccitazione dei miei amici, quello stesso venerdì sera, mi sembrò di troppo; fino al momento in cui la porta del caffè fu spalancata e sulla soglia apparve un giovane stranamente abbigliato. Portava gambali neri di cuoio, una camicia bianca e un tipo di berretto militare che mi faceva pensare insieme a un vaso da notte e a una caricatura dei nostri vecchi berretti austriaci; insomma: non era neanche un copricapo prussiano (perché i prussiani non portano in testa né cappelli né berretti, bensì copricapi). Io, lontano dal mondo e dall'inferno che per me rappresentava, non ero affatto idoneo a distinguere i nuovi berretti e le nuove uniformi, tanto meno a riconoscerli. Ci potevano essere camicie bianche, azzurre, verdi e rosse; calzoni neri, marroni, verdi, azzurro-lacca; stivali e speroni, foderi e cinghie e cinture e pugnali in guaine di ogni tipo: io, a ogni buon conto, io avevo deciso per quanto mi riguardava, da tempo ormai, fin da quando ero tornato dalla guerra, di non distinguerli e di non riconoscerli. Perciò sulle prime fui più sorpreso dei miei amici per l'apparizione di questa figura, che era come salita dalla toeletta giù nello scantinato e che invece era entrata dalla porta di strada. Per qualche secondo avevo realmente creduto che la toeletta dello scantinato, a me pur ben nota, a un tratto si trovasse fuori e che uno degli inservienti fosse entrato per annunciarci che tutti i posti erano già occupati. Ma l'uomo disse: « Compatrioti! Il governo è caduto. Abbiamo un nuovo governo popolare tedesco! ».

Da quando ero rimpatriato dalla guerra mondiale, rimpatriato in un paese pieno di rughe, mai avevo avuto fiducia in un governo; figuriamoci poi, in un governo popolare. Io appartengo ancora oggi – nell'imminenza della mia probabile ultima ora, io, un uomo, posso dire la verità – a un mondo palesemente tramontato, nel quale pareva naturale che un popolo venisse governato e che dunque, se non voleva cessare di essere popolo, non poteva governarsi da solo. Ai miei orecchi sordi – spesso avevo sentito che li chiamavano ' reazionari ' – suonò come se una donna amata mi avesse detto che non aveva affatto bisogno di me, che poteva fare l'amore con sé sola, e che anzi doveva farlo, e invero al solo scopo di avere un bambino.

Proprio per questo mi sorprese lo spavento che colse tutti i miei amici all'arrivo dell'uomo bizzarramente calzato e al suo bizzarro annuncio. Avevamo a stento occupato, fra tutti noi, tre tavoli. Un attimo dopo restai, anzi, mi trovai solo. Mi trovai effettivamente solo e per un secondo fu come se da molto tempo io fossi andato effettivamente in cerca di me stesso e mi fossi trovato, con sorpresa, solo. Tutti i miei amici difatti si alzarono dai loro posti e invece di dirmi prima: « Buonanotte! », come da anni era stata consuetudine fra noi, gridarono: « Cameriere, il conto! ». Ma siccome il nostro cameriere Franz non veniva, gridarono, rivolti al proprietario ebreo Adolf Feldmann: « Paghiamo domani! », e se ne andarono senza neanche guardarmi più in faccia.

Io ero ancora convinto che l'indomani sarebbero

veramente tornati a pagare e che il cameriere Franz fosse al momento trattenuto in cucina o da qualche altra parte e che unicamente per questo non fosse stato così svelto a comparire come al solito. Dopo dieci minuti, però, il proprietario Adolf Feldmann spuntò da dietro il suo banco col pastrano e la bombetta in testa e mi disse: « Signor barone, ci diciamo addio per sempre. Se mai ci dovessimo rivedere in qualche parte del mondo, ci riconosceremo. Domani di certo lei non tornerà più qui. Voglio dire, a causa del nuovo governo popolare tedesco. Lei va a casa o pensa di restare qui seduto? ».

« Io resto qui, come tutte le sere » risposi.

« Allora addio, signor barone! Io spengo le lampade! Ecco, qui ci sono due candele! ».

E detto questo accese due smunte candele, e prima ancora che io mi potessi rendere conto dell'impressione che mi faceva, poiché erano dei ceri da morto che mi aveva acceso, tutte le luci nel caffè erano spente ed egli pallido, con una bombetta nera in testa, piuttosto un becchino che l'ebreo gioviale Adolf Feldmann dalla barba d'argento, mi porse una massiccia croce uncinata di piombo e disse:

« Per ogni evenienza, signor barone! Continui pure a bere tranquillamente la sua grappa! Io lascio chiusa la saracinesca. E quando lei vuole andare, la può aprire dall'interno. La pertica è accanto alla porta, a destra ».

« Vorrei pagare » dissi.

« Oggi non è il momento! » rispose.

E già era sparito, e già sentivo rotolare giù la saracinesca davanti alla porta.

Così mi trovai solo, al tavolino, davanti alle due candele. Si erano appiccicate al finto marmo e mi rammentavano dei vermi bianchi, eretti e accesi.

Mi aspettavo che da un momento all'altro s'incurvassero, come del resto si addice a dei vermi.

Cominciavo a sentirmi inquieto e allora chiamai: « Franz, il conto! » come sempre ogni sera.

Ma non venne il cameriere Franz, bensì il cane da guardia che si chiamava Franz anche lui e che io in verità non avevo mai potuto soffrire. Era di colore giallo sabbia e aveva gli occhi cisposi e il muso bavoso. Io non amo le bestie e ancor meno quelle persone che amano le bestie. In tutta la mia vita mi è sembrato che le persone che amano le bestie sottraggano una parte dell'amore agli uomini, e particolarmente giustificato mi è apparso il mio punto di vista quando per caso ho saputo che i tedeschi del Terzo Reich amano i cani lupo, i cani da pastore tedeschi. Povere pecore! – mi dissi a quel punto.

Ecco ora il cane Franz che veniva verso di me. Quantunque fossi suo nemico, mi sfregava il muso contro i ginocchi e mi chiedeva quasi perdono. Intanto i ceri bruciavano, i ceri da morto, i miei ceri da morto! E dalla chiesa di San Pietro non giungeva il suono delle campane. E io non ho mai un orologio con me, e non sapevo che ora fosse.

« Franz, il conto! » dissi al cane e lui mi saltò in grembo.

Presi un pezzetto di zucchero e glielo porsi.

Non lo prese. Si limitò a guaire. E subito dopo mi leccò la mano, dalla quale non aveva accolto il dono.

Spensi ora una candela. L'altra la staccai dal finto marmo e andai alla porta e con la pertica alzai la saracinesca dall'interno.

In realtà volevo sfuggire al cane e al suo amore.

Quando uscii sulla strada, la pertica in mano per tirare giù di nuovo la saracinesca, vidi che il cane Franz non mi aveva lasciato. Mi seguiva. Non poteva restare. Era un cane vecchio. Come minimo aveva servito il caffè Lindhammer per dieci anni, come io l'imperatore Francesco Giuseppe; e ora non poteva più farlo. Ora nessuno di noi due poteva più farlo. « Il conto, Franz! » dissi al cane. Mi rispose con un guaito.

L'alba spuntava su quelle croci totalmente estranee. Trascorreva un vento leggero e faceva dondolare i vecchi lampioni che ancora non si erano spenti, non questa notte. Camminavo per strade deserte, con un cane sconosciuto. Era deciso a seguirmi. Dove? – Io ne sapevo quanto lui.

La Cripta dei Cappuccini, dove giacciono i miei imperatori, sepolti in sarcofaghi di pietra, era chiusa. Il frate cappuccino mi venne incontro e chiese: « Che cosa desidera? ».

« Voglio visitare il sarcofago del mio imperatore Francesco Giuseppe » risposi.

« Dio la benedica! » disse il frate, e fece sopra di me il segno della croce.

« Dio conservi! » gridai.

« Zitto! » disse il frate.

Dove devo andare, ora, io, un Trotta?...

gli Adelphi

VOLUMI PUBBLICATI

1. Milan Kundera, *L'insostenibile leggerezza dell'essere*
2. Konrad Lorenz, *L'anello di Re Salomone* (3ª ediz.)
3. J.R.R. Tolkien, *Lo hobbit* (2ª ediz.)
4. Fritjof Capra, *Il Tao della fisica* (3ª ediz.)
5. Karen Blixen, *Sette storie gotiche*

FINITO DI STAMPARE NELL'OTTOBRE 1989
DA A.M.E - STAB. CLES

Printed in Italy

gli Adelphi
Periodico mensile: N. 6/1989
Registr. Trib. di Milano N. 284 del 17.4.1989
Direttore responsabile: Roberto Calasso

AUTEURS ET DIRECTEURS DES COLLECTIONS
Dominique AUZIAS & Jean-Paul LABOURDETTE

DIRECTEUR DES EDITIONS VOYAGE
Stéphan SZEREMETA

RESPONSABLES EDITORIAUX VOYAGE
Patrick MARINGE et Morgane VESLIN

EDITION ✆ 01 72 69 08 00
Maïssa BENMILOUD, Julien BERNARD, Audrey BOURSET, Sophie CUCHEVAL, Chloé HARDY, Caroline MICHELOT, Charlotte MONNIER, Antoine RICHARD, Pierre-Yves SOUCHET, Baptiste THARREAU et Pierrette KROMPHOLTZ

ENQUETE ET REDACTION
Abdesslam BENZITOUNI, Pierre PLANTIER, Clotilde AMPRIMOZ, Nathalie BOISDET-SINGH et Jean-Marie CHAZEAU

MAQUETTE & MONTAGE
Sophie LECHERTIER, Delphine PAGANO, Julie BORDES, Élodie CLAVIER, Élodie CARY, Évelyne AMRI, Antoine JACQUIN, Marie BOUGEOIS, Laurie PILLOIS et Émilie PICARD

CARTOGRAPHIE
Philippe PARAIRE, Thomas TISSIER

PHOTOTHEQUE ✆ 01 72 69 08 07
Élodie SCHUCK et Sandrine LUCAS

REGIE INTERNATIONALE ✆ 01 53 69 65 50
Karine VIROT, Camille ESMIEU, Romain COLLYER, Guillaume LABOUREUR assistés de Virginie BOSCREDON

PUBLICITE ✆ 01 53 69 70 66
Olivier AZPIROZ, Stéphanie BERTRAND, Perrine de CARNE-MARCEIN, Oriane de SALABERRY, Caroline GENTELET et Aurélien MILTENBERGER

INTERNET
Lionel CAZAUMAYOU, Jean-Marc REYMUND, Mathilde BALITOUT, Fiona TORRENO, Cédric MAILLOUX, Anthony LEFEVRE, Christophe PERREAU et Imad HOULAIM

RELATIONS PRESSE ✆ 01 53 69 70 19
Jean-Mary MARCHAL

DIFFUSION ✆ 01 53 69 70 68
Eric MARTIN, Bénédicte MOULET, Jean-Pierre GHEZ et Nathalie GONCALVES

DIRECTEUR ADMINISTRATIF ET FINANCIER
Gérard BRODIN

RESPONSABLE COMPTABILITE
Isabelle DAFOURD assistée de Christelle MANEBARD, Oumy DIOUF et Janine DEMIRDJIAN

DIRECTRICE DES RESSOURCES HUMAINES
Dina BOURDEAU assistée de Sandra MORAIS, Cindy ROGY et Aurélie GUIBON

LE PETIT FUTE DANEMARK 2011-2012
7e édition

NOUVELLES ÉDITIONS DE L'UNIVERSITÉ©
Dominique AUZIAS & Associés©
18, rue des Volontaires - 75015 Paris
Tél. : 33 1 53 69 70 00 - Fax : 33 1 53 69 70 62
Petit Futé, Petit Malin, Globe Trotter, Country Guides et City Guides sont des marques déposées ™®©
© Photo de couverture : Alamer – Iconotec
Légende : Château de Frederiksborg
ISBN - 9782746936966
Imprimé en France par IMPRIMERIE CHIRAT - 42540 Saint-Just-la-Pendue
Dépôt légal : Mai 2011
Date d'achèvement : Mai 2011

Pour nous contacter par email, indiquez le nom de famille en minuscule suivi de @petitfute.com
Pour le courrier des lecteurs : country@petitfute.com

Velkommen til Danmark !

Bienvenue au Danemark ! Pays latin de la Scandinavie, le Danemark semble bien loin des clichés du Grand Nord. A la pointe du design et des nouvelles technologies, ce pays a su mêler tradition et modernité, simplicité et originalité. L'insularité de sa géographie n'a pas émietté pour autant l'unité du pays, tout en l'enrichissant d'une diversité naturelle et culturelle. S'il est vrai que son histoire fut longtemps liée à celle de la Scandinavie, il n'en subsiste pas moins une identité danoise ainsi qu'un sentiment nationaliste, épris des sagas vikings et de l'histoire de ses dynasties royales. Alliant courtoisie, rigueur et décontraction, les Danois possèdent en matière de politique sociale un système tout à fait exemplaire : « Vivez et laissez vivre ! ». Copenhague la paisible dévoile ses palais et parcs royaux, ses musées, ses tours dont l'architecture audacieuse s'impose fièrement dans une capitale calme de l'extérieur et chaleureuse à l'intérieur. La Baltique, toute proche, baigne la ville et son flot de cyclistes d'un doux parfum maritime, et la Petite Sirène, symbole de la cité, veille discrètement sur une ville qui inspira jadis le célèbre conteur. Les landes du nord de la presqu'île du Jutland offrent également un paysage peu familier de dunes vallonnées s'accrochant à des falaises ou recouvertes progressivement par le sable. Puis un spectacle différent mais tout aussi majestueux que celui des fjords s'offre à nous, celui des lacs, des forêts de hêtres, des nombreuses et charmantes îles plus ou moins planes ou rocheuses ou des vastes plages de sable fin qui bordent la côte ouest. C'est à mi-chemin entre l'Islande et la Norvège, dans l'Atlantique Nord, que l'on découvre l'un des joyaux de la couronne danoise : les îles Féroé, archipel volcanique et verdoyant, balayé par un souffle pur qui caresse de douces montagnes où reposent d'anciennes bourgades. Voyager dans le Grand Nord, c'est finalement se laisser porter par une nature bienfaisante et un peuple des plus accueillants…

L'équipe de rédaction

REMERCIEMENTS. *Merci à Carsten Meiner, Jonna K.Madsen, Jens Philipsen et Gudrun Rishede, Jane Strange Nielsen, Sten et Lise Slot Knudsen, Eva Hadberg pour leur accueil amical et chaleureux. Merci également à Michael Andersen, Susanne Olsen, Sisse Wildt, Henrik Thierlein, Karin Buhl, Karin Melbye Holm, Cathrine Billund, Susanna E.Sorensen, Ingigero A Trodni, Suzette Ascot, Britta et Alicia de Viborg, Hans Ole Matthiesen pour leur aide précieuse et leur disponibilité, et à Kim Kampp, Jorn, Anders et Morton de Copenhague pour leur amitié.*

IMPRIM'VERT

Ce guide a été fabriqué chez un imprimeur bénéficiant du label IMPRIM'VERT.
Cette démarche implique le respect de nombreux critères contribuant à préserver l'environnement.

Sommaire

INVITATION AU VOYAGE

DÉCOUVERTE

COPENHAGUE

SUD-SEELAND

FIONIE